AF217289

Zu diesem Buch

Man könnte meinen, Menschen im reifen Alter, die sich seit ihrer Studienzeit kennen und sich Freunde nennen, würden manierlich miteinander umgehen. Dass dem nicht immer so ist, kommt besonders dann zum Vorschein, wenn Scheidungen und neue Partnerschaften im Spiel sind. Und wenn dazu noch neurotische Neigungen in den Köpfen ihr Unwesen treiben, kann es sogar unter den besten Freunden zu Verstimmungen kommen, die sie beim gemeinsamen Abendessen die Panik des Lebens spüren lassen.

Autor

Udo Staber wurde 1953 in Ulm geboren. Er studierte in Kanada und den USA Soziologie, Psychologie und Organisationswissenschaften, promovierte an der Cornell University, New York, und war Professor an Universitäten in den USA, Kanada, Deutschland und Neuseeland. Er ist Autor zahlreicher Fachbücher und wissenschaftlicher Zeitschriftenartikel, sowie Empfänger mehrerer Auszeichnungen für seine Forschungsarbeiten.

Mehr über den Autor: www.udostaber.com

UDO STABER

Unter Freunden

Roman

© 2020 Udo Staber
Umschlag, Illustration: Udo Staber

Verlag & Druck: tredition GmbH, Halenreie 40-44, 22359 Hamburg

ISBN
Paperback   978-3-347-15006-5
Hardcover   978-3-347-15007-2
e-Book   978-3-347-15008-9

Das Gehirn ist das am meisten überschätzte Organ.

— Woody Allen

Inhalt

Für wen sind denn die Blumen?

„Rate mal, wen ich heute getroffen habe, heute Morgen, im Blumenladen. Deinen Sigmund."

„Siggi? Im Blumenladen? Unmöglich, da hast du dich verguckt. Siggi kauft keine Blumen. Er hat von Blumen keine Ahnung. Frag ihn mal, ob er den Unterschied kennt zwischen einer Tulpe und einer Nelke."

Sie sieht mich an, als hätte sie mich bei einem Aprilscherz erwischt. Sie liebt Blumen. Sie sagt, wenn sie etwas von ihrem alten Haus vermisst, dann ist es ihr blühender Garten. Sie sorgt dafür, dass in unserer Wohnung jeden Tag frische Blumen auf dem Tisch stehen. Dass sie Blumen um sich herum haben will, kann ihm in den zwanzig Jahren mit ihr doch nicht entgangen sein.

„Glaub mir, Siggi geht in kein Blumengeschäft, er kann mit Blumen überhaupt nichts anfangen. Wenn er sieht, dass eine Topfblume den Kopf hängen lässt, stellt er sie in die Sonne, statt ihr Wasser zu geben. Und wenn ich ihn bitte, sie zu gießen, schüttet er das Wasser über die Blätter statt in die Erde."

Ich würde gern laut lachen, aber ich weiß, dass sie mir das übel nehmen würde. Wenn die Sprache auf ihren Ex kommt, findet sie gar nichts lustig, da versteht sie keinen Spaß. „Aber als Chemiker muss er doch wissen, wie Pflanzen funktionieren", sage ich halb im Scherz.

„Ach, der weiß doch nicht mal, dass er Chemiker ist. Den Unterschied zwischen einem Reagenzglas und einem Einmachglas mag er vielleicht noch kennen, aber wenn es um Grünzeug geht, hört sein Verstand auf. Wenn ich ihn in den Garten schicken würde, um was Frisches für den Salat zu holen, käme er mit Regenwürmern zurück."

„Vielleicht will er nur witzig sein."

„Nein, nicht witzig. So ist er wirklich, lebensfremd."

„Oder er will dich ärgern."

„Das geht auch ohne Regenwürmer im Haus."

Ich denke mal, dass sie mit ihren Geschichten über ihn wahnsinnig übertreibt. Schon allein wenn sein Name fällt, dreht sie hohl. Sie ärgert sich dann maßlos über sich selbst, dass sie nicht schon früher gegangen ist. Sie sagt, wenn sie kleine Kinder gehabt hätte, könnte man das noch verstehen, aber sie hat keine Kinder. Es ist ihr auch unerklärlich, warum sie sich mit ihm überhaupt eingelassen hat, wo er ihr doch von Anfang an wie ein Chaot vorgekommen sei. Ich denke an meine dritte Frau, die war auch ziemlich verwirrt. Sie glaubte, Existenzialismus sei eine Art Geisteskrankheit. Sie hat mir das schon bei unserer ersten Begegnung gesagt. Ich konnte ihr das nicht ausreden, und trotzdem habe ich sie geheiratet! Und der Mann einer Kollegin von mir ist fest davon überzeugt, dass die Evolution im gleichen schwarzen Loch enden wird, in dem sie begann. Sie sagt, sie habe einen Hornochsen geheiratet, aber sie ist immer noch mit ihm zusammen. „Also", sage ich zu Regine, „ich glaube schon, dass er vorhatte, Blumen zu kaufen. Zumindest hatte er welche in der Hand, als ich ihn sah."

Sie grinst. „Das bedeutet gar nichts. Er kann eine Katze auf dem Schoß haben und glauben, es ist ein Kaninchen, dem er die Ohren langzieht. Du weißt gar nicht, was er alles anstellt, ohne einen blassen Schimmer zu haben, warum er das tut. Aber wahrscheinlich war er's gar nicht, der Mann, den du im Laden gesehen hast."

„Doch, das war er. Er hat es dann auch gleich zugegeben. Ich habe ihn auch gleich erkannt. Er sah genauso aus wie auf dem Foto, das du mir einmal gezeigt hast. Das Foto von ihm als Student, mit seinem Freund am Strand in Spanien, wie sie auf der Luftmatratze sitzen, mit einer Bierflasche in der Hand, und Bikinimädchen nachschauen. Der gleiche Wuschelkopf, wie auf dem Foto."

Regine hat immer noch ihren skeptischen Ausdruck im Gesicht. „In welcher Gemütsverfassung war er denn?"

„Oh, ich würde sagen, er war ziemlich durcheinander. Er kam mir verwirrt vor, so wie er dastand, unschlüssig, was er als Nächstes tun sollte."

„Und was hatte er an, dieser Meister der Verwirrung?"

„Regine, du kannst bei einem Mann nicht vom Äußeren auf seinen Gemütszustand schließen."

„Doch, in seinem Fall kann man das, sehr gut sogar. Wenn es Sigmund war, den du gesehen hast, dann trug er bestimmt ein buntkariertes, ausgewaschenes Hemd. Er liebt buntkariert. Wenn er mal eins anhat, kann es sein, dass er es zwei Wochen lang nicht mehr auszieht." Sie rollt mit den Augen. „War sein Hosenschlitz offen?"

„Keine Ahnung. Das ist eine Gegend beim Mann, wo ich nie so genau hinschaue. Aber so viel kann ich sagen, elegant war er nicht gerade gekleidet. Das Hemd habe ich nicht gesehen, aber er trug eine karierte Jacke, blau, glaube ich, mit einem Lammpelzkragen. Sah aus wie ein Stück aus den sechziger Jahren. Vielleicht war seine Brille beschlagen, als er heute früh was aus dem Schrank zog. Oder die Dunkelheit hatte ihn im Griff."

Sie schüttelt den Kopf. „Ich würde eher sagen, der Wahnsinn hat ihn im Griff. Nicht nur früh am Morgen. So läuft er den ganzen Tag herum."

„In dieser Aufmachung? Ich meine, ein Blumenladen ist ja nicht die Oper, aber die Jacke sah aus wie eine, in der Mick Jagger vor fünfzig Jahren herumhopste. Und trägt er eigentlich immer solche ausgeleierte Latschen?"

„Wenn es Sigmund war, den du gesehen hast, dann waren das wahrscheinlich seine Hausschuhe."

„Hausschuhe? Auf der Straße?"

„Ja natürlich, so was ist bei ihm normal. Du wirst ja sehen, wie er heute Abend daherkommt."

Ich habe ihn jetzt wieder vor Augen, wie er vor den Blumenauslagen hin und her tippelte. „Irgendwie sah er doch lustig aus", sage ich zu Regine, „in dieser Aufmachung und mit seinem hektischen Herumtänzeln. Wie ein nervöser Pfau auf Brautschau."

Sie protestiert heftig. „Nein, nicht lustig. Ich habe das über zwanzig Jahre lang mitgemacht, jeden Tag. Er braucht eine Frau, die ihm den Wecker stellt und ihm sagt, er soll ein frisches Hemd anziehen, bevor er zu stinken beginnt. Aber jetzt hat er ja eine Neue. Vielleicht hört er auf *sie*."

„Wieso sollte er auf *sie* hören?"

„Weil sie nicht so dumm ist wie ich."

„Aber auch sie hat ihn geheiratet!" Das hätte ich nicht sagen sollen. Sie wird mich jetzt daran erinnern, dass auch ich gegen Dummheit nicht gewappnet bin, wenn es um den Umgang mit chaotischen Frauen geht. Und sie hätte recht. Einen Dümmeren wie mich kann es nicht geben.

Sie denkt kurz nach. „Bin gespannt, wie sie aussieht."

„Und ich bin gespannt, wie sie sich dir gegenüber verhält. Die Neue trifft die Alte, und der Mann der Neuen sitzt daneben und begutachtet den Neuen seiner Alten. Das geht schon ins Tragische, meinst du nicht? Mich interessiert, ob sie so viel anders ist als du, der exakte Gegenentwurf zur Verflossenen sozusagen, oder ob sie nur eine andere Version deiner selbst ist, eine bessere Ausgabe vielleicht. Das soll es ja geben. Der geschiedene Mann will gar nichts radikal Neues, heißt es. Es ist wie auf einer ewig langen Zugfahrt. Die Landschaft ist ja recht schön, aber irgendwann gewöhnt man sich daran. Und wenn nur die Schienen nicht so holprig wären. Ein Seitensprung ist für ihn wie der Gang zum Speisewagen. Er braucht kurz mal eine Abwechslung, neue Sitznachbarn, interessante Unterhaltung, Stärkung für Geist und Seele sozusagen. Alles, nur keine Entgleisung."

„Ach Hermann, das hast du schön gesagt. Aber bei Siggi hat es eine Entgleisung gegeben. Der Zug ist aus dem Gleis gesprungen, die Alte ist weg. Jetzt muss er mit einer Neuen weiterfahren."

Sie seufzt, als hätte sie Mitleid mit ihm. Ich fasse sie an der Hand und sage: „Mach dir keine Sorgen. Da muss er durch. Die Neue wird's schon irgendwie richten."

„Was genau soll sie denn richten, seine Gundula? Ich wüsste nicht, was sie bei dem richten kann. Er wird sich nie ändern."

„Vielleicht muss er das auch gar nicht. Er redet nicht gern, hast du mir gesagt. Vielleicht ist sie eine, bei der er gar nicht viel sagen muss. Vielleicht liest sie ihm alle seine Bedürfnisse vom Gesicht ab. Der Wunsch vieler Männer, wie man hört. Er will in Ruhe gelassen werden, er will bedient werden, und zwar so, und das ist der Trick dabei, den sie beherrschen muss, wenn sie eine Zukunft mit ihm haben will, dass er nicht das Gefühl hat, mit einer Dienerin verheiratet zu sein. Sie soll ihm freiwillig zur Seite stehen, uneigennützig, mit Herz und Seele, wie man so schön sagt. Dann wird er auf sie hören. Solche Männer gibt es. Warum das so ist, kann ich jetzt nicht so leicht erklären. Die Sache ist kompliziert. Und natürlich gibt es Frauen, die sich auf so etwas einlassen. Vielleicht ist sie so eine. Sie schneidet für ihn das Fleisch auf seinem Teller und kocht für ihn salzarm, damit er die nächsten zwanzig Jahre gesund bleibt. Vielleicht färbt sie ihm sogar die Augenbrauen. Sie will, dass es ihm gut geht, denn wenn's ihm gut geht, fühlt auch sie sich gut."

„Hermann, dir ist ja wohl klar, dass du hier von einem ausgesprochen dummen Klischee sprichst."

„Ja, ich weiß, aber das Spannende an einem Klischee ist doch die Frage, warum die Leute sich daran halten, beziehungsweise, dass es sogar einen Riesenspaß machen kann, wenn man aus einem Klischee neue Wahrheiten konstruiert."

„Und welche Wahrheiten wären das?"

„Na zum Beispiel, wenn Leute sagen, heirate keinen Mann mit Altlasten, weil das Unglück bringt, ist das ein Klischee, richtig? Trotzdem verknallt sie sich in so einen Mann. Und warum? Weil er anders ist als die anderen, erklärt sie ihren Freundinnen, die sagen, sie machen sich Sorgen um sie. Er ist anders, weil sie das so sehen will und weil sie die intellektuellen Mittel besitzt, dieses Klischee als etwas zu begreifen, das auf sie nicht zutrifft, weil auch sie anders ist. Und wenn der Neue ihr von seinen Altlasten erzählt, dann so, dass er wie ein Gewinner dasteht. Er sagt, er hat seine Vergangenheit voll im Griff. Dann sind es keine Lasten, an die er sich erinnert, sondern einzigartige Prüfungen, die er bestanden hat. Mit anderen Worten, er hat nicht mit Ach und Krach überlebt, sondern er ist ein Held, der aus einer verdammt schwierigen Lage eine Erfolgsgeschichte gemacht hat."

„Dann bist du mit deinen drei verkorksten Ehen wohl ein Superheld", sagt sie mit einem breiten Lächeln.

„Moment, die erste zählt nicht. Da war ich noch Student und in meiner Persönlichkeit noch nicht gefestigt. Und bei der zweiten und dritten habe ich den Absprung geschafft. Den Absprung rechtzeitig hinkriegen, das ist eine nicht zu unterschätzende Leistung. Und beide Male ein gelungener Sprung, das zweite Mal leider in verdammt eiskaltes Wasser. Ich wäre fast ersoffen, aber eben nur fast."

„Und dein dritter Sprung?"

„Bei dir war die Landung butterweich. Meine Muse, mein Segen, meine Hoffnung, meine *letzte* Hoffnung."

Sie strahlt und streichelt sanft meine Hand. „Das hast du aber wieder mal schön gesagt."

„Finde ich auch. Und wie ist dein Siggi bei Gundula gelandet? Hart oder weich?"

„Das kommt darauf an, wie lange sie es mit ihm aushält."

„Nun, so wie du ihn mir beschreibst, gibt es für sie nur zwei Optionen. Entweder sie verkümmert an seiner Seite, oder sie folgt dem Vorbild Lady Chatterleys."

„Vielleicht wissen wir heute Abend mehr. Jetzt sag mal, über was habt ihr euch denn unterhalten?"

„Unterhaltung kann man das nicht nennen. Ich glaube, es war ihm peinlich, mich zu treffen. Ich hatte das Gefühl, er wäre am liebsten auf der Stelle abgehauen."

Regine sagt, ich könne mir nicht vorstellen, wie es ist, mit einem wie Sigmund verheiratet zu sein. Sie ist der Überzeugung, dass er mit zwanzig in seiner Entwicklung stehen geblieben ist. Sie hat alles versucht, um seine weitere Entwicklung doch noch in Gang zu bringen. Sogar zu einem Eheberater hat sie ihn geschleppt, sagt sie, aber irgendwie hat er es immer wieder geschafft, mitten in der

Sitzung für eine Viertelstunde ins Klo zu verschwinden. Einmal war Gruppentherapie angesagt, aber weil er am Morgen dieses Tages hohes Fieber bekam, musste er im Bett bleiben. Eine Freundin Regines, die nach ihrer eigenen Scheidung in den Eheberaterberuf einstieg, hat zu ihr einmal gesagt, Sigmunds Problem, wie das aller Männer, die sie kenne, sei, dass er sich kaum bis gar nicht ausdrücken könne. Die Kommunikationsfähigkeit von Männern lasse sehr zu wünschen übrig, aber bei Sigmund sei diese Fähigkeit völlig im Eimer.

„Wie hast du ihn denn angesprochen?", fragt sie mich.

„Ganz einfach, ich bin auf ihn zugegangen und hab gesagt, Ja hallo, sind Sie nicht Herr Himmelreiter? Sigmund Himmelreiter?"

„Sehr schön! Man kann bei ihm nicht direkt genug sein. Und was passierte dann?"

„Du hättest sehen sollen, wie er zusammenzuckte. Als hätte der Blitz ihn getroffen. Ich wusste nicht, war er erschrocken, dass jemand ihn ansprach, oder war er entsetzt, weil ich seinen Namen kannte."

„Oder du hast ihn an seinen Namen erinnert. Es ist schon mal passiert, dass er seinen Namen vergessen hat. Er sollte beim Zahnarzt ein Formular ausfüllen und er fragte mich, ob er Sigmund oder Siegfried hinschreiben soll. Kein Witz."

Irgendwie erinnert mich das an meine dritte Frau, die, bei der ich fast ersoffen wäre. Sie konnte sich bis zu unserer Trennung nicht entscheiden, ob sie Ritter heißen will, ihren Geburtsnamen behalten soll oder einen Doppelnamen führen will, und wenn es ein Doppelname sein muss, ob ihr Geburtsname am Anfang oder hinten stehen soll. „Ich wollte eigentlich nur etwas Smalltalk machen", sage ich zu Regine, „aber er machte keinerlei Anstalten, mit mir ein Gespräch anzufangen, obwohl ich mich artig vorgestellt hatte."

„Wie, artig? Wie hast du dich denn vorgestellt?"

„Ich sagte, ich bin Hermann Ritter, ich bin mit Regine zusammen. Ich gab ihm meinen vollen Namen, weil ich dachte, er hätte ihn vielleicht schon mal gehört, von euren Nachbarn vielleicht."

„Du meinst, von den Oesterles? Gut möglich. Die waren schon immer wahnsinnig neugierig, was bei uns so alles abgeht. Und wie hat er reagiert? Was hat er zu dir gesagt?"

„Ach du grüne Neune!"

Jetzt habe ich sie doch zum Lachen gebracht. „Sonst nichts? Hat er nach mir gefragt?"

„Nein, aber ich fragte ihn, ob er mir bei der Blumenauswahl helfen könne. Ich sei auf der Suche nach Blumen für dich, er sei in diesen Dingen doch bestimmt Fachmann. Regine, das sagte ich nur, um die Atmosphäre etwas aufzulockern. Aber er gab mir keine Antwort, nicht mal eine zum Spaß. Stattdessen machte er Anstalten zu gehen."

„Ja, das ist Siggi. Du hast ihn genauso erlebt, wie er ist. Wenn's für ihn ungemütlich wird, packt er seine Sachen und haut ab. Und wie ging's dann weiter?"

„Also ich denke, jeder normale Mensch würde an dieser Stelle aufgeben, sich entschuldigen und sich dann zurückziehen. Aber wahrscheinlich bin ich nicht normal. Ich sah das als eine Gelegenheit, mich ihm vorzustellen. Ich dachte, wenn wir hier ein paar Worte wechseln, wird unser Abendessen heute nicht so steif sein. Und wenn ich mich ihm gegenüber locker zeige, dürfte ihm ein kleines Gespräch doch nichts ausmachen. Fehlanzeige. Ich glaube, er hätte mich doch glatt stehen lassen, wenn ich ihm nicht die Hand hingestreckt hätte." Regine grinst hämisch. Ich bin ihm ins Messer gerannt, soll das heißen. „Ich sagte zu ihm, so ein Zufall, dass wir uns hier treffen. Kommen Sie oft in dieses Geschäft? Statt einer Antwort, stammelte er irgendetwas von Irrtum und Zeitdruck. Ich sagte, die Auswahl an Blumen hier ist ja wirklich überwältigend. Da weiß man gar nicht, was man kaufen soll. Ach ja, dann lass ich Sie mal gehen, war seine Antwort. Dann drehte er sich weg. Ich ließ aber nicht locker. Ich hätte schon etwas Zeit, sagte ich. Ich bin nicht in Eile, ich will mich nur mal umsehen, was die hier so haben, bevor ich mich für etwas entscheide. Also, dann verabschiede ich mich schon mal, sagte er. Aber ich ging gar nicht darauf ein, sondern sagte, ist doch nett, dass wir uns auf diese Weise kennenlernen. Ja, ja, war seine Antwort. Ist doch interessant, was Zufälle so alles bringen, sagte ich. Daraufhin er: Ja, stimmt. Ich: Wir sind beide im gleichen Laden, um vielleicht das Gleiche zu kaufen. Ist das nicht witzig? Er: Wenn Sie meinen. Ich: Unsere Wege hätten sich doch auch woanders kreuzen können. Er: Vielleicht.

17

Regine, so ging das eine Weile hin und her. Egal was ich sagte, er wollte partout keine Unterhaltung mit mir führen. Und er wurde auch immer zappeliger."

„Ja, der Mann ist furchtbar hektisch. Das ist sein Naturzustand. Was hättest du denn gern, das er zu dir gesagt hätte?"

„Nun ja, er hätte mich zum Beispiel fragen können, welche Sorte Blumen ich für dich suche."

„Nein, nicht Siggi. Das hätte er dich nie gefragt, nie und nimmer."

„Hat er dir denn nie Blumen geschenkt?" Das hab ich meinen Ex-Frauen übrigens auch nicht, aus verschiedenen Gründen. Die erste war Studentin und hat sich schnell in einen anderen verliebt, auch ohne dass er ihr Blumen schenkte. Und die zweite hat sich selber Blumen geschenkt. Sie traute mir wohl nicht, dass ich ihren Geschmack erwische. An meine letzte Ex will ich gar nicht denken. Der hätte ich Kakteen mit zehn Zentimeter langen Stacheln ans Bett stellen sollen. Sie hatte ein ganzes Gewächshaus im Wohnzimmer stehen und hat dem Grünzeug morgens und abends eine halbe Stunde lang gut zugeredet, weil sie glaubte, die Pflanzen würden dann besser miteinander auskommen. Warum müssen Frauen immer Blumen bekommen? Es heißt, das hat etwas mit dem Schenken von Beachtung zu tun. Sie wollen Aufmerksamkeit, und sie wollen, dass der Mann das weiß. Aber warum kann man Blumen nicht an einem x-beliebigen Tag schenken, warum muss es immer nur der Geburtstag oder Valentines sein? Alles so gekünstelt, finde ich, so mechanisch. Das wirkt dann so unehrlich. Und man kann doch auch etwas anderes als Blumen schenken. Ein Buch zum Beispiel. Das kann sogar noch persönlicher sein als irgendwelche Blumen von der Stange, von denen es sowieso nur eine begrenzte Anzahl an Sorten gibt, Blumen, die praktisch jeder auf dieser Welt kauft, und immer nur die für einen bestimmten Anlass vorgegebene Sorte. Und ein Buch verwelkt wenigstens nicht. Man muss es nicht dauernd gießen und man braucht auch keinen speziellen Platz dafür, außer es ist ein künstlerisch aufgemachter Bildband oder der Museumskatalog einer weltweit einmaligen Ausstellung, den man auf dem Couchtisch präsentiert, damit die Gäste sehen, wie ungemein gebildet man ist, ohne dass man dafür den Mund aufmachen muss. Für Blumen braucht man immer eine passende Vase, und sündhaft teuer sind sie auch noch, für die wenigen paar Tage, die sie halten.

„Willst du jetzt nicht wissen, für *wen* er Blumen kaufen wollte?", frage ich sie. „Würde es dich ärgern, wenn er sagen würde, er kauft Blumen für Gundula? Wäre das schlimm für dich?" Wenn ich wüsste, dass meine Ex einen Neuen hat, der ihr ein Blumengeschenk macht, würde mich das kalt lassen. Der Neue geht mich nichts an, er kann mit ihr machen was er will. Ich bin ja schon froh, wenn sie einen Neuen hat. Dann habe ich sie endgültig vom Hals, und ich muss auch keine Angst haben, dass sie sich an Regine ranmacht.

Sie beantwortet meine Frage nicht, sie zuckt nur mit der Schulter. Ich bin gespannt, wie das heute Abend mit den beiden ablaufen wird, in einem offenbar edlen Restaurant, zusammen mit einigen ihrer engsten gemeinsamen Freunde. Ein lustiges Klassentreffen, zu dem jeder seinen alten oder neuen Anhang mitbringt, wird es sicherlich nicht werden. Eher eine Art Themenparty, eine Zusammenkunft zum Thema, die Alte trifft die Neue des Alten, der bei dieser Gelegenheit dem Neuen seiner Alten begegnet. Wer von diesen Leuten kam überhaupt auf die Idee, dieses Treffen zu veranstalten? Nicht dass mich das stört. Nein, überhaupt nicht. Ich finde es nur merkwürdig, in einem Land, in dem geschiedene Leute normalerweise auf Abstand gehen. Den Kontakt abbrechen, sich aus den Augen verlieren, den Ex vor dessen Freunden schlecht machen, ihn abgrenzen und ausschließen, das ist, was man hier normal nennt und was von allen erwartet wird. Ich kann dein Gesicht nicht mehr sehen, ich pfeif auf dich, ruf nie wieder an, *das* hört man hier die Ex zum Ex sagen. Die Amerikaner sind in solchen Dingen viel lockerer. Wenn sie zum zweiten Mal heiraten, geschieht das oft im gleichen Bekanntenkreis. Kreuz und quer geht das in vielen Familien. Eigentlich ganz praktisch, finde ich. Man kennt sich bereits, man bekommt passable Empfehlungen und man muss nicht immer ganz von vorne anfangen. In Deutschland läuft das anders. Hier wird streng getrennt, wie beim Müll. Hier herrscht Ordnung.

„Ich bin gespannt, ob dein Siggi heute Abend mit Blumen daherkommt", sage ich zu Regine, „und für wen er die mitbringt."

„Ist mir doch egal. Von mir aus kann er mit einem Bündel Brennnessel kommen. Wahrscheinlich hat sie ihn in den Laden geschickt, weil sie Blumen im Haus haben will."

„Du meinst, Blumen als Beweis seiner Liebe?"

„Siggi und Liebe? Mein Gott, da kennst du ihn aber schlecht. Auf eine Liebesbeziehung würde er sich nie einlassen, nie und nimmer, ausgeschlossen."

„Vielleicht doch, zumindest am Anfang. Sie sind ja noch gar nicht so lange verheiratet. Da ist er vielleicht noch im Ausnahmezustand. Er hört ihr gewissenhaft zu, er beobachtet jede ihrer Regungen, er führt eine Liste ihrer Vorlieben, er geht auf sie ein, er entdeckt seine Gefühle und prüft neue Möglichkeiten, mit ihr in eine emotionale Verbindung zu treten. Die Annäherung muss ja nicht unbedingt nachhaltig gestaltet sein. Er ist frisch verheiratet und er testet seine weiblichen Fähigkeiten, von denen er in seiner Ehe mit dir vielleicht gar nichts wusste. Dazu gibt es Blumen als Geschenk für sie, und Einladungen ins Theater, oder Abendessen in einem feinen Restaurant."

„Hermann, das ist ja alles furchtbar interessant, was du da sagst, aber völlig daneben. Seine weiblichen Züge entdecken, seine Gefühlswelt ausleben? Das kann er gar nicht, er hat keine Gefühle."

„Regine, ich spreche von einem Ausnahmezustand, von einer Phase, die man in einer neuen Beziehung normalerweise durchmacht. Und Gefühle sind vergänglich."

„Wo keine Gefühle sind, kann auch nichts vergehen. Jetzt kapier das doch mal. Wie seid ihr denn auseinandergegangen? Welche Gefühle hat er denn gezeigt, als ihr euch verabschiedet habt?"

„Also, was ich dann zu ihm sagte, war, dass wir uns heute Abend wieder sehen würden. Aber jetzt halte dich fest. Ich glaube fast, er hatte unsere Verabredung für heute Abend vergessen, oder er hatte von diesem Abendessen gar keine Ahnung."

„Gut möglich. Er hat von gar nichts eine Ahnung."

„Ich sagte: Wir treffen uns dann heute Abend. Und das warf ihn aus der Spur."

„Ich dachte, er war schon neben der Spur, als du ihn ansprachst."

„Ja, aber jetzt war er wirklich ratlos, völlig gaga. Willst du wissen, wie der Rest dieser Begegnung ablief? Wie, warum?, fragte er. Im Chez Louise, sagte ich. Er: Im Chez was? Was ist das? Ich: Ein Restaurant, in Tübingen. Er: Ach du grüne Neune! Das war doch so ausgemacht, Herr Himmelreiter, sagte ich. Er: Ausgemacht? Wirklich? Ich: Ja, und Sabine mit ihrem Neuen werden auch kommen. Er: Wer? Ich: Sabine. Er: Muss ich die kennen? Ich sagte, ja, ich denke schon. Sie ist eine gute Freundin von Regine. Er: Ach so, ja. Ich: Und Sie bringen doch Gundula mit. Er: Wen? Ich: Ihre Frau. Seine Antwort: Wie, meine Frau? Ach so, ja, Gundula. Regine, das war unser Gespräch, genauso lief es ab. Nach diesem kurzen Gedankenaustausch mit deinem verwirrten Ex fasste ich mir dann doch ein Herz und fragte ihn direkt ins Gesicht, ob die Blumen, die er kaufen wolle, für Gundula oder für dich bestimmt seien."

Regine kichert. „Das hast du ihn wirklich gefragt?"

„Ja, hab ich. War das so schlimm? Ich wollte, dass er die Sache locker sieht. Vielleicht kann er darüber sogar lachen, dachte ich. Was glaubst du, wie er reagierte? Ausweichend, mit einer schlauen Gegenfrage, oder mit einer direkten Antwort? Nein, weder noch. Er sah mich an, als ob er keinen blassen Schimmer hatte, wovon ich sprach. Ich hätte ihn genauso gut nach dem Preis seiner Autoreifen fragen können. Ich muss sagen, deinem Ex fehlt auch jegliche Phantasie. Er hätte doch irgendetwas aus der Luft greifen können, um mich ruhig zu stellen, wenn es ihm so peinlich war, mit mir zu reden."

Ich hatte einen gestandenen Mann erwartet, so wie man sich einen Akademiker vorstellt, der seit dreißig Jahren in einem Labor arbeitet und komplexen chemischen Zusammenhängen auf den Grund geht. Aber vor mir stand ein Typ in Hausschlappen, ein Mensch, der offenbar vergessen hatte, dass er seit einiger Zeit wieder verheiratet ist. Und dabei hatte er den Blick eines Soldaten mit einer Schützengrabenneurose, der gerade herausbekommen hat, dass er seit zwei Jahren im falschen Graben sitzt. Vielleicht hat er vergessen, warum er in diesen Laden gegangen war. Immerhin ist er schon weit über sechzig. Ich vergesse auch manchmal Dinge, und ich bin erst fünfzig. Letzte Woche saß ich im Auto beim Rewe auf dem Parkplatz und ich brauchte eine geschlagene Viertelstunde, um mich zu erinnern, was ich kaufen wollte. Vielleicht ging es ihm in diesem Blumenladen auch so.

„Plötzlich fing er an zu zappeln. Er sah zur Verkäuferin an der Kasse hinüber, dann zum Ausgang, und als er dann die Uhr an der Wand hinter der Kasse sah, schrie er, Ach du grüne Neune! Die Zeichen waren klar, er würde jetzt gehen und mich einfach stehen lassen. Ich sagte, ich will Sie nicht länger aufhalten, wir sehen uns ja heute Abend. Aber ich glaube, er hörte mir gar nicht mehr zu. Ja, ja, war seine Antwort. Um sieben, sagte ich. Ich wollte auf Nummer sicher gehen, weil er mich ansah, als hätte ich von der Verschiebung der Tagesschau gesprochen. Im Chez Louise, fügte ich hinzu, in Tübingen. Ich dachte, ich müsste das betonen, nicht dass er aus Versehen nach Nürtingen fährt."

Regine tätschelt meine Hand und grinst. „Gut gemacht. Er hat schon öfters Tübingen mit Nürtingen verwechselt. Und dann hat er sich aus dem Staub gemacht. Richtig?"

„Ja. Ich sage dir, der Mann ist ein nervliches Wrack. Man könnte meinen, er glaubt, die Faschingsknaller, die er in der Hosentasche hat, sind Dynamitstäbe. Er schaute auf seine Uhr und stöhnte ein paar Mal, Ach du grüne Neune. Dann stammelte er irgendwas von spät dran sein und er wisse auch nicht, aber er müsse bei irgendwelchen Bekannten oder Nachbarn ein Dach decken helfen. Da war doch was, irgendwas mit Regenrinnen, stotterte er, als er sah, wie die Angestellte am anderen Ende des Tischs begann, die Blumen zu gießen. Dann rannte er los, in Richtung Ausgang. Ich sah, wie er von der Verkäuferin am Tisch neben der Kasse angesprochen wurde. Sie hielt ihm einen prächtigen Blumenstrauß ins Gesicht, an dem sie gerade arbeitete. Doch er blieb nicht einmal stehen, geschweige denn, sagte etwas zu ihr, obwohl die Dame mindestens so ansehnlich war wie ihr Blumenstrauß. Er hechtete an ihr vorbei und rannte aus dem Laden, so schnell wie eine Feldmaus in ein Loch verschwindet, wenn eine Katze hinter ihr her ist.

Die falsche Krawatte

Wir werden viel zu spät da sein, aber wie sage ich ihm das, ohne dass er sauer wird? Wenn ich zu einem besonderen Anlass nett angezogen sein will, denke ich schon Wochen im Voraus darüber nach, welches Outfit das Passende wäre, und zur Friseuse gehe ich einen Tag davor. Aber Detlef macht gar nichts, um sich vorzubereiten, und dann, eine halbe Stunde, bevor wir fahren müssen, gerät er in Panik. Wegen einer Krawatte! Er hat es furchtbar wichtig mit seinen Krawatten, wegen des guten Tons. Krawatten gehören zum guten Ton wie Lackschuhe zum Tanzunterricht, sagt er. Jeden Januar lässt er sich in seinem Lieblingsherrenladen erklären, welcher Stil in diesem Jahr für welchen Anlass angesagt ist. Er sagt, er will bei Regine und ihrem Neuen einen guten Eindruck machen. Das sei ihm sehr wichtig, weil es mir wichtig sei. Er wisse, wie nahe Regine und ich uns stehen, und deshalb wolle er für mich gut aussehen. Ich weiß das zu schätzen, und das sage ich ihm auch. Regine und ich haben uns seit unserer Studienzeit über die Männer ausgetauscht, mit denen wir gerade zusammen sind. Ich habe ihr gesagt, dass ich endlich einen Mann gefunden habe, der ganz anders ist als Rainer. Heute Abend wird sie es selbst sehen können.

Auch ich will bei Regines Freund gut dastehen. Ich will nicht, dass sie glaubt, Detlef sei nur eine Übergangslösung für mich, oder dass ich ihm nur als Lückenbüßerin diene, zur Erholung von seiner Ex, die unmöglich gewesen sein muss, so wie er sie mir beschreibt, eine Furie, der er nie etwas recht machen konnte, die weibliche Schamlosigkeit in Person, wie er sagt. Hermann scheint ja furchtbar nett zu sein. Er hat einen gewissen Zauber an sich, sagt Regine. Nun ja, Zauber klingt schon etwas übertrieben, aber ich kann das verstehen, nach diesen vielen verhunzten Jahren, die sie mit Sigmund hatte.

Mir geht's ja auch nicht anders. Rainer war zuletzt nicht mehr auszuhalten, seine Sammelwut hat mich fast umgebracht. Jeden Tag hat er irgendetwas gekauft, was er nicht braucht, und dann hat er es irgendwo im Haus verstaut oder einfach herumliegen lassen. Der Keller war immer voll mit Toilettenpapier, sogar auf den Kellerstufen stolperte man über Klopapier. In allen möglichen Varianten, in rosa, weiß, und babyblau, einfarbig, getüpfelt und mit Blümchen Muster, weich und weniger weich, doppel- und dreilagig. Zum Kotzen. Jede Woche kauft er eine ganze Familienpackung für den Fall, dass Gäste unangemeldet an der Tür stehen, was praktisch nie geschieht, weil unsere Bekannten schon früh gelernt haben, dass er niemand ins Haus lässt, wenn er die Person nicht mindestens sechs Wochen vorher eingeladen hat. Auch unser Gartenschuppen ist gerammelt voll mit allem möglichen Zeug. Dachplatten, Zaundraht, Schrauben, Nägel, Glühbirnen, was weiß ich, was er sonst noch alles dort lagert. Wenn es im Baumarkt etwas zum Sonderpreis gibt, steht er viertel vor acht vor dem Eingang. Weil er im Schuppen Platz für seine Einmachgläser braucht, hat er den Rasenmäher, die zwanzig Schaufeln und Gartenrechen und die fünf Gartenschläuche in die Garage verfrachtet. Jetzt ist dort kein Platz mehr fürs Auto, also steht der Wagen auf der Straße vor dem Haus, was die Nachbarin furchtbar aufregt. Sie droht schon seit Jahren mit der Polizei, und als Gegenmaßnahme droht er ihr, seine Hecke zu ihrem Grundstück zu entfernen. Was sie maßlos ärgert, weil sie sich vor ihren Besuchern schämt, wenn die sehen, dass sie neben einem Irren wohnt, dem der Zustand seines Rasens egal ist. Den Rasen mähen kann er nicht, weil er an den Rasenmäher nicht mehr rankommt, der hinten in der Garage steht und mit Werkzeugen, Pfandflaschen, Gartengeräten und Streugut für den Winter zugemüllt ist. Vor ein paar Jahren hat er angefangen, Essiggurken zu kaufen, tonnenweise. Er sagt, er braucht die Gläser als Behälter für seine Dübel, Nägel und Schrauben. Wenn er wenigstens seine Gurken verzehren würde. Aber er kriegt nicht mehr als eine halbe Gurke am Tag runter, weil er sonst Durchfall bekommt, und er will nicht so viel Klopapier kaufen müssen, sagt er. Da beißt sich die Katze in den Schwanz. Ich habe ihm das schon so oft gesagt, doch er will das einfach nicht einsehen. Die Essiggurken vergräbt er neuerdings im Garten, und weil er kein Loch buddeln wollte, hat er jetzt den Swimmingpool entfernt, wie Erich mir sagte, damit er eine Grube hat, in die er seine Gurken reinwerfen kann.

28

Zwanzig Jahre lang habe ich das mitgemacht. Die Leute in der Nachbarschaft haben sich das Maul zerrissen, wegen mir, weil ich ihn nicht stoppte. Eine Freundin fragte mich oft, warum ich ihn machen lasse. Aber was heißt das, seinen Ehemann machen lassen? Soll ich ihn vielleicht in Ketten zum Psychiater schleifen? Ich weiß nicht, was mich endlich dazu brachte, auszuziehen. Wahrscheinlich war es etwas, das ich im Apothekerblättchen gelesen habe, etwas über Stressbewältigung, glaube ich. Da standen Sachen drin wie, ich soll mir im Kopf alle fünf Minuten den Satz vorsagen, nimm ihn wie er ist, der Mensch kann sich nur selbst ändern. Oder wenn das nicht hilft, soll ich mich vor den Spiegel stellen und laut sagen, ich bin ein Mensch, ich achte und respektiere mich. Einen Stressball hatte ich mir auch schon zugelegt. Wochenlang drückte ich wie verrückt, aber es tat sich nichts, außer dass meine Finger steif wurden. Rainer sammelt leere Flaschen, Dübel, Glühbirnen und Schlüsselringe, und ich drücke diesen blöden Ball, bis meine Kunden mich fragen, ob ich unter Arthritis leide. Ich hatte schon Angst, ich muss meinen Beruf an den Nagel hängen, wenn meine ganze Hand irgendwann mal völlig steif ist und ich kein Buch mehr halten kann. In meinem letzten gemeinsamen Jahr mit Rainer habe ich wochenlang einen Stift durch meine Hände gleiten lassen, zur Entspannung, so wie es im Apothekerblatt stand, aber das half auch nicht. Vielleicht war es die Talkshow im Fernsehen, die mir den Todesstoß versetzte und mich zum Ausziehen bewog. Da ging es um Wiedergeburt, um die Frage, ob nach dem Tod alles vorbei ist, oder ob alles wieder von vorne anfängt. Da sagte ich mir, du großer Gott, was passiert, wenn ich Rainer wieder begegnen muss? Ich schaff das nicht. Ich geistere nachts oft im Haus herum. Einmal bin ich auf der Treppe auf einem Stapel Kopierpapier ausgerutscht. Er hat im ganzen Haus Kopierpapier herumliegen, wo er doch gar keinen Kopierer oder Drucker hat. Er braucht das als Schreibpapier, sagt er, es sei das beste Papier für seinen Lieblingsfüller, den er aus seiner Schulzeit vor fünfzig Jahren gerettet hat, zusammen mit drei Federmäppchen und seiner Schiefertafel aus der ersten Klasse. Wenn er mit diesem Füller auf etwas anderem als Kopierpapier schreibt, könnte es Flecken geben, und er will sich nicht Nachlässigkeit nachsagen lassen. Wie er dieses Problem vor fünfzig Jahren löste, als es noch kein Kopierpaper gab, hat er mir nie erklärt.

Ach, ich weiß gar nicht, warum ich so lange gewartet habe. Rainer, sagte ich zu ihm an einem Samstagvormittag, als er gerade mit einer Doppelfamilienpackung Klopapier aus dem Supermarkt nach Hause kam, jetzt ist Schluss, wisch dir deinen Arsch doch mit Zeitungspapier ab, ich zieh aus. Eine ganze Woche lang hat er getobt. Ich sei komplett verrückt, brüllte er, ich sei undankbar, wo er doch alles für mich täte und mir ein warmes Heim gebe. Ich sagte, ja, ein Heim vollgestopft mit Klopapier und Gurkengläser, und eine Garage, in der man kein Auto abstellen kann, weil sie mit Streugut zugemüllt ist. Ob ich einen anderen hätte, wollte er wissen. Ob ich zum

Beispiel mit dem Mann der Nachbarin angebandelt hätte. Ich glaubte, ich hörte nicht recht. Ausgerechnet der Nachbarin, die ihm seit Jahren mit der Polizei droht. Dabei grüßt ihr Mann mich nicht einmal. Hat er noch nie, außer er wollte etwas von mir, seinen Mülleimer hinausschleppen zum Beispiel, wenn er einen seiner Migräneanfälle hatte. Seine Frau sei an seiner Migräne schuld, sagte er, und sie halte sich für zu fein, um den Mülleimer überhaupt anzufassen.

Detlef sammelt überhaupt nichts, weder Gurken noch Klopapier. Wenn er Lebensmittel einkaufen geht, kommt er gerade mit dem Notwendigsten nach Hause. Er braucht einen Grund, alle zwei Tage in den Supermarkt zu gehen. Er könnte dort an der Kasse wichtige Leute treffen, sagt er. Er redet über diese Leute, als seien sie Oligarchen, mit Geld wie Dreck und geradezu fürstlichem Einfluss im Stadtrat und Bauamt. Er findet sie widerlich, doch er versteht es, mit ihnen umzugehen. Die Psychologie des Menschen verstehen sei die eigentliche Kunst im Immobiliengeschäft, behauptet er. Mit Charme macht er das, so wie er auch mit Frauen umgeht. Das kann er, da ist er ein Engel.

Nicht dass mich das eifersüchtig macht. Im Gegenteil, es macht mich richtig stolz, wenn ich sehe, wie nett er zu den Leuten ist, die mir wichtig sind. Neulich kam er früher als sonst nach Hause, weil er wusste, dass ich eine Freundin zu mir zum Tee eingeladen hatte. Er kam mit einem wunderschönen Blumenstrauß für mich, und meiner Freundin hat er Pralinen mitgebracht. Ich hatte an dem Tag einen schlimmen Schnupfen, und er rannte sofort ins Schlafzimmer und holte für mich ein Taschentuch, eins aus Stoff, nicht aus Papier. Das war echt rührend von ihm. Auch meiner Freundin hat das imponiert. Tagelang hat sie davon gesprochen. Wenn nur ihr eigener Mann so nett wäre, sagte sie. Der mache ihr nur an Weihnachten Geschenke, und dann seien es immer nur Dinge für den Haushalt.

Detlef schenkt mir Schmuck und Reisen. Vor zwei Monaten waren wir zusammen in Venedig. Er hatte ein Hotelzimmer ganz nahe am Markusplatz gebucht, damit wir schon in der Früh um fünf dort sein können und den ganzen Platz praktisch für uns allein haben. Es war so furchtbar romantisch, im Frühnebel mit ihm Hand in Hand über den Markusplatz zu schlendern. Rainer würde in diesem Hotel bis zehn Uhr am Frühstückstisch sitzen und lieber die Zeitung lesen, als ein einziges Mal zum Fenster hinausschauen oder zur Abwechslung mal mich ansehen. Nicht dass Detlef beim Frühstück keine Zeitung liest, aber er legt sie sofort zur Seite, wenn er sieht, dass ich mit ihm reden will.

Aber Zeitungen sind etwas anderes als Krawatten. Das muss ich erst noch lernen. Als ich ihm sagte, wir müssen jetzt wirklich gehen, weil wir Regines Freunde nicht warten lassen wollen, machte er mit der Suche nach der passenden Krawatte noch eine ganze Weile weiter. Er konnte sich nicht entscheiden. Dann werde ich eben etwas schneller fahren, Sabinchen, sagte er. Ich mag es, wenn er mich Sabinchen nennt. Ich komme mir dann vor wie Doris Day in Bettgeflüster. Ich schaue mir diesen Film einmal im Jahr an. Es ist eine Dummheit zu glauben, Filme hätten nichts mit dem richtigen Leben zu tun.

Ich weiß nicht, was ich den anderen als Entschuldigung für unser Zuspätkommen sagen könnte. Bei Regine ist das nicht so schlimm, aber für Roland muss ich mir was ausdenken, der nimmt alles immer ganz genau. Hängt bestimmt mit seinem Beruf zusammen, Steuerbeamter. Ich kann ihm nicht sagen, dass Detlef sich für keine seiner vier oder fünf Dutzend Krawatten entscheiden konnte. Er würde das nicht verstehen. Oder dass wir wegen Glatteis langsamer fahren mussten. Das würde er mir nicht abnehmen. Ich frage Detlef, was wir meinen Freunden als Erklärung für unsere Verspätung sagen sollten, ob er vielleicht einen Vorschlag hat. Aber er antwortet nicht. Ich finde es beklemmend, wenn er keinen Hauch von sich gibt. Das macht er öfters. Er erwidert auch nichts, nachdem ich sage, dass wir mit der Erklärung nicht unbedingt groß lügen müssten. Es seien schließlich unsere Freunde, und Freunde zeigen Verständnis für alles.

Oh, bitte kein Streit, nicht jetzt, wo ich mich doch so auf dieses Abendessen freue. Ich habe ihn nur um einen Vorschlag gebeten, aber er glaubt wohl, ich hätte ihn gemaßregelt. Vielleicht habe ich nur zu laut geredet, oder ihm passt das Wort Verspätung nicht. Er sagt, er muss kurz halten, er muss auf die Toilette. „Aber Detlef", sage ich, „könntest du nicht warten, bis wir im Restaurant sind?" Ich sage das so, dass es nicht wie ein Vorwurf klingt, doch er antwortet nicht. Ich lege meine Hand auf seinen Arm. „Habe ich was Falsches gesagt, Detti?" Er reagiert nicht, er schaut stur auf den Verkehr vor uns. Wenn ich sein Gesicht sehen könnte, würde ich vielleicht sehen, dass er eine Schnute zieht. Rainer hat auch oft eine Schnute gezogen, aber bei ihm war es mehr ein Ausdruck von Freudlosigkeit als von Kränkung. „Du musst ja nicht so furchtbar schnell fahren", sage ich und berühre ganz sanft seine Schulter. Eisiges Schweigen, bis er einen Rast-platz sieht, auf den er abbiegt und dann den Wagen di-rekt neben dem Toilettenhäuschen abstellt. Ohne ein Wort zu sagen, steigt er aus. Ich könnte mir die Beine ver-treten, wenn ich wüsste, wie lange er weg sein wird. Aber ich bleibe lieber im Auto sitzen, damit wir sofort weiterfahren können, wenn er zurückkommt. Es dauert mindestens fünf Minuten, bis er am Eingang erscheint und zweimal um das Toilettenhäuschen herumläuft, wa-rum auch immer, bevor er zum Auto zurückkehrt.

Ich ahne, was mir jetzt bevorsteht. Statt weiterzufah-ren, wird er eine Weile schweigend dasitzen, die Hände auf dem Schoß und den Zündschlüssel in einer Hand. Und genauso ist es. Eisige Stille, kein Schnaufen, nichts. Er würdigt mich keines Blickes. Dann, nach zwei oder drei Minuten, kommt plötzlich das Donnerwetter. Ich soll doch auch mal seine Bedürfnisse in Betracht ziehen, schreit er mich an. Er sei immer nett zu mir und zu mei-nen Freunden, und er kümmere sich ganz rührend um mich, also wäre es doch schön, wenn ich wenigstens ab und zu auch mal nach ihm fragen würde. Ich hätte ihn

34

gedrängt, loszufahren, er sei sogar viel schneller gefahren als sonst, was bei diesen Straßenverhältnissen knapp über Null nicht ungefährlich sei, das solle ich mir doch bitte vor Augen führen. Mir zuliebe habe er sich mit der Krawatte keine Zeit genommen, und das habe er jetzt davon. In der Eile habe er die falsche Krawatte erwischt, wie er jetzt im Toilettenspiegel festgestellt habe. „Du hast mir den ganzen Abend versaut", brüllt er. „Wo ich mich doch so gefreut habe, deine Freunde kennenzulernen."

Ich muss jetzt die passenden Worte finden. „Aber das hat doch nichts mit deiner Krawatte zu tun, du kannst dich doch immer noch freuen", sage ich.

„Nein, das kann ich nicht. Ich kann nicht einfach eine entspannte Miene aufsetzen und so tun als sei nichts geschehen."

Ich sitze da wie ein gegossener Pudel und frage ihn ganz sachte, warum eine Krawatte für ihn so wichtig sei. „Es ist doch nur eine Krawatte, Detti."

„Nein, eben nicht. Es ist nicht nur eine *Krawatte*. Es geht um Gefühle, zur Abwechslung mal *meine* Gefühle. Ich denke an dich, ich sorge mich um dich. Sag mir etwas, das ich nicht für dich tun würde. Aber du, hast du denn gar kein Gespür für meine Gefühle?"

„Aber Schatz, eine Krawatte ist doch nur ein Stück Stoff, das hat doch nichts mit Gefühlen zu tun. Und auch wenn diese Krawatte hier nicht die richtige ist, das macht doch nichts."

„Das macht sehr wohl was. Hörst du denn überhaupt nicht, was ich sage?"

„Doch, ich höre, aber Regine ist es egal, welche Krawatte du trägst. Ich kenne sie. Mit oder ohne Krawatte, sie will dich kennenlernen so wie du bist. Wir sind unter Freunden. Die werden alle darüber hinwegsehen."

„Aber *ich* will nicht darüber hinwegsehen", schreit er. „Ich kann doch so nicht daherkommen. Wenn es um eine Bluse von dir ginge, würden wir jetzt immer noch zu Hause sein und du würdest noch eine Stunde in deinem Schrank herumwühlen wie eine Irre. Du weißt, wie wichtig mein Aussehen ist in meinem Beruf, wenn ich mit meinen Klienten zusammen bin. Wer will sich schon von jemand beraten lassen, der schlecht angezogen ist?"

„Aber du bist doch gut angezogen. Ich wette, Regines Freund und die anderen werden sich einen Dreck um deine Krawatte scheren."

„Das sagst du jetzt. Vor ein paar Stunden hast du ganz anders geklungen. Ich habe sehr wohl die Signale in deinen Worten verstanden, ich bin ja nicht schwerhörig. Gerade bei einem, der sich in der Kunstwelt auskennt, gerade bei dem ist tadelloses Aussehen von Bedeutung. Architekten sind so, das weiß ich, ich habe schon öfters mit Architekten zu tun gehabt. Was glaubst du denn, warum er mit einer Raumdesignerin zusammenlebt? Bestimmt nicht, weil sie beide gern Müll trennen. Ich habe mich weiß Gott bemüht, und jetzt sagst du, ihrem Freund ist es egal, wie ich angezogen bin."

„Es ist ihm vielleicht nicht egal, aber ob du Hermann mit einer roten oder blauen Krawatte gegenüber sitzt, ist für ihn bestimmt genauso wenig ausschlaggebend, wie wenn du deinen Kunden eine Wohnung in einem weißen oder blauen Hemd zeigst."

„Hallo, willst du damit sagen, ich weiß nicht, wie man Wohnungen verkauft?"

„Nein, so habe ich das nicht gemeint."

„Aber so hast du es gesagt. Du hast gesagt, meinen Klienten ist es egal, wie ich angezogen bin. Aber das ist es eben *nicht*! Du tust so, als hätte ich dir noch nie von meiner Arbeit erzählt, auf was ich in meinem Beruf alles achten muss. Eigentlich sollte ich jetzt daheim sein und mir überlegen, wie ich mit meinem Kunden morgen Vormittag vorgehen soll. Stattdessen nehme ich mir die Zeit und geh mit dir zu deinen Freunden, denen es offenbar egal ist, wie ich daherkomme, oder ob ich überhaupt komme."

Ich hab's geahnt, als ich sagte, wir würden zu spät kommen. Jetzt glaube ich fast, er will absichtlich zu spät kommen. Ich weiß nur nicht, was er damit bezwecken will. Das Ganze macht gar keinen Sinn. Er will bei meinen Freunden einen guten Eindruck hinterlassen, aber er nimmt ein Zuspätkommen in Kauf, weil er mir eine Lektion erteilen will. Ist es das? Ich weiß nicht, warum ich mir das gefallen lasse. Jede andere würde ihn jetzt geradebügeln, aber ich entschuldige mich und sage, „Tut mir leid, Detti, ich hab das so nicht gemeint, glaub mir, aber jetzt fahr doch bitte. Wenn wir hier noch länger herumsitzen, sind wir um Mitternacht noch nicht in Tübingen."

„Glaubst du wirklich, ich will in dieser miesen Stimmung jetzt noch Autofahren?", brüllt er mich an. Ich bin mir selbst ein Rätsel, ich beginne mich jetzt doch tatsächlich schuldig zu fühlen, obwohl *er* diesen Aufruhr angezettelt hat. Von einer Minute zur anderen ist er ein völlig anderer Mensch geworden. Das hat er schon öfters so gemacht. Den ganzen Tag über ist er furchtbar nett zu mir, und dann, kurz bevor wir ins Bett gehen, fängt er wegen irgendeiner Kleinigkeit Streit an, weil ich zum Beispiel vergessen habe, die Stehlampe im Wohnzimmer auszuschalten, oder weil ich ihn nicht gefragt habe, welches Programm er im Fernsehen anschauen möchte. Ist das denn normal? Und ich bin so blöd und bemühe mich um Gegenargumente, die ihn nicht beleidigen, wobei ich weiß, dass es in dieser Situation solche Argumente gar nicht gibt. Ich will rational mit ihm reden, ihn beschwichtigen, wo ich doch einfach still sein könnte. Wenn er streiten will, und ich wehre mich nicht und bringe nichts gegen seine Argumente vor, sondern lasse ihn einfach reden, dann muss es auch keinen Streit geben, dann verläuft alles im Sand, bevor es überhaupt richtig angefangen hat. So einfach könnte das sein. Aber so einfach ist das nicht, einfach nichts sagen. Ich will auch nicht wie eine Person rüberkommen, die immer nur frotzelt. Ich sage nochmal: „Tut mir leid, Schatz, ich wollte dich wirklich nicht drängen. Fahr jetzt einfach weiter, so schnell oder so langsam wie du willst. Die fangen bestimmt nicht um sieben mit dem Essen an. Der Tisch ist für sieben bestellt, das heißt, das Essen wird um acht serviert, frühestens. So ist das in einem feinen französischen Restaurant. Man setzt sich nicht einfach an den Tisch und fängt fünf

Minuten danach mit dem Essen an. Und ob wir jetzt beim Aperitif dabei sind oder nicht, das ist unseren Freunden bestimmt nicht so wichtig. Hauptsache, wir kommen heil an." Ich streichle seinen Arm und schiebe eine CD mit Rudi Carrell Schlagern in den CD Player, die ich ihm zum Namenstag geschenkt habe. Plötzlich wird er ganz ruhig und lauscht dem Rhythmus der Musik. Dabei wiegt er den Kopf hin und her und trommelt mit den Fingern auf das Lenkrad. Dann endlich startet er den Motor und wir setzen uns in Richtung Tübingen in Bewegung.

Der Aperitif schlägt mir auf den Magen

Es ist immer dasselbe, wir sitzen in einem Restaurant und nach zehn Minuten fängt er an, mir etwas von seinem letzten Arztbesuch vorzujammern. Ein Restaurant biete die geeignete Stimmung für seine Berichterstattung, sagt er. Die Atmosphäre in einem schönen Restaurant sei genau das, was er brauche, um sich besser zu fühlen. Mit Atmosphäre meint er Dämmerlicht und seichte Unterhaltungsmusik im Hintergrund, möglichst Popmusik, aber nur wenn sie von einem Orchester gespielt wird und kein Gesang dabei ist. Musik aus den sechziger Jahren ist ihm am liebsten. Mamas and Papas Melodien zum Beispiel, oder Simon and Garfunkel, so was wie „Bridge Over Troubled Water". Musik muss melodisch sein, meint er. Er will Harmonie, und kein Getöse und Gehämmere. Schließlich habe er viel Stress, und Stress sei auf die Dauer ungesund, würden die Ärzte sagen, von denen er jedoch nichts hält.

Ich glaube, wenn er in ein Restaurant geht, hat er auch noch einen anderen Stimmungsmacher im Sinn. Es ist das Hochgefühl, von jemand anderem als von mir das Essen serviert zu bekommen. Das ist, was ich ihm unterstelle, die Hochstimmung, die ihn überkommt, wenn eine hübsche Bedienung ihm die Serviette auf dem Schoß ausbreitet und ihn süß anlächelt. Ich kenne das, er macht das immer. Schon während er sich an den Tisch setzt, hält er Ausschau nach einer jungen Servierern. Abgesehen davon hasse ich es, wenn er mir ausgerechnet in einem Restaurant von seinem letzten Arztbesuch erzählt. Was wieder mal schiefgelaufen ist, wovor er seit einiger Zeit Angst hat, warum ich das übergangen habe, wo er doch auf mich zähle, und warum er demnächst die Hoffnung aufgeben wird, in zehn Jahren noch aufrecht sitzen zu können.

Er will eine bestimmte Stimmung im Restaurant haben, aber was ist mit *meiner* Stimmung? Es versaut mir die Stimmung, wenn er so redet. Wir gehen so selten in ein Restaurant, und wenn wir es doch einmal schaffen, will ich mich angenehm unterhalten. Da gibt es so viel, über das wir reden könnten. Über den letzten Film zum Beispiel, den wir im Kino gesehen haben, oder über den Roman, den ich gerade fertig gelesen habe. Er liest nicht gern Romane, und über Romane diskutieren will er auch nicht. Ich frage ihn, Roland, was hältst du von der Geschichte, und er antwortet, interessant. Wenn ich Glück habe, sagt er ein paar Worte mehr, spannend, fast wie ein Krimi. Er muss mir ja nicht unbedingt eine feuilletonreife Rezension vorlegen, aber wenn er den Roman, den ich verschlungen habe, ebenfalls lesen würde, könnte er mich wenigsten an den Namen der Hauptfigur erinnern. Ich habe immer wieder diese kleinen Aussetzer. Ich will mir das Buch kaufen, von dem ich beim Frühstück eine

Rezension gelesen habe, und wenn ich dann ein paar Stunden später im Buchladen stehe, habe ich den Titel vergessen. Manchmal schreibe ich mir den Titel gleich beim Lesen der Rezension auf, aber dann vergesse ich, wo ich den Zettel hingelegt habe. Roland geht meine Vergesslichkeit auf die Nerven. Er sagt, er hat keine Lust, teure Theaterkarten für einen Sitzplatz in der ersten Reihe zu kaufen, weil ich das Stück bis zum nächsten Morgen sowieso wieder vergessen habe.

Er hält mir meine Vergesslichkeit vor, aber ich sitze hier in einem teuren Restaurant und muss mir seine Arztgeschichten anhören. Es ist, als säße ich im Wartezimmer einer Arztpraxis und höre den Leuten um mich herum zu, wie sie sich über ihre Leiden austauschen. Wie lange haben Sie denn schon ihr Herzflimmern? Mein Haarausfall macht mir die größten Sorgen. Die Medikamente, die er mir verschrieb, geben mir Durchfall. Wie viele Bestrahlungen hatten Sie, bevor die Krämpfe in ihren Waden einsetzten? Was machen Sie bloß, um Ihre Stimmbänder zu schonen? So ähnlich ging es zu, als ich neulich im Wartezimmer saß, während Roland drinnen beim Arzt war und ihn eine Stunde lang anflehte, etwas zu finden, was sein Seitenstechen seit zwei Tagen erklären könnte. Diese Arztpraxis war so voll mit Rollatoren, dass ich kaum durch den Gang kam. Mir gegenüber saß ein alter Mann, der seinem Sitznachbarn von seiner Absicht erzählte, sich zusammen mit seinem Kanarienvogel einäschern zu lassen. Es ist schon komisch, dass ich den Titel des Romans, den ich gerade gelesen habe, zwei

Tage später vergessen habe, mich aber wochenlang erinnern kann, mit welchen Kosenamen dieser Mann seinen Vogel bedachte. Goldspatz geht ja noch, vielleicht auch Meisiherzchen, aber Perlentäubchen?! Ich erinnere mich sogar, in welchem Laden er das Futter kauft, das er seinem Perlentäubchen jedes Weihnachten ins Schnuckischälchen legt.

Warum kann ich nicht in Ruhe meine Bloody Mary trinken, ohne dass Roland mir etwas von seinen Ausflügen an seine medizinische Klagemauer vorjammert? Warum muss ich ihm Kraft, oder Geduld, oder Willensstärke oder was weiß ich alles zusprechen? Ich könnte natürlich sagen, tut mir leid, ich verstehe deinen Kummer, aber können wir nicht über etwas anderes reden? Aber ich kann das nicht, es ist mir emotional unmöglich, ihn mit harten Worten ruhig zu stellen, wenn er seine Enttäuschung über die profitsüchtige Gesundheitsindustrie loswerden will, die ihn seit fünfzehn Jahren über den Tisch zieht. Er kann nicht anders, sagt er. Er behauptet, ihm fehlt die Nervenstärke, woanders als in einem eleganten Restaurant, in das nur Leute gehen, die etwas von sich halten, über seinen Arztbesuch heute zu reden, der natürlich wieder mal nicht wie erhofft verlief. Wir sitzen jetzt schon eine Viertelstunde hier, und er redet wie ein Wasserfall über die Untersuchung, die er sich hätte sparen können, weil der Arzt nichts fand, was ihm fehlte. Dieser Arzt sei inkompetent, er höre ihm nicht zu, er bediene sein Ultraschallgerät falsch und außerdem könne er ruhig mal sein Sprechzimmer modernisieren. Man sollte diesem Nichtskönner die Lizenz wegnehmen oder am besten ihn gleich wegsperren.

Wann kommen denn Regine und Hermann jetzt endlich? Von den anderen ist auch noch niemand da. Sieben Uhr war ausgemacht. Die wohnen doch auch nicht weiter weg von hier als wir, außer Sabine und ihr Neuer. Regine hat keine Geduld mit Roland, wenn er ihr von einem seiner Wehwehchen erzählen will. Mit *ihr* muss er auch nicht in einem Restaurant sitzen, um ihr was vorzujammern. Wenn sie uns zu sich nach Hause einlädt oder sie bei uns im Wohnzimmer sitzt, hört sie ihm eine Minute lang zu, wenn er zu lamentieren beginnt, dann schneidet sie ihm das Wort ab, und da ist sie ganz schön brutal. Ich bin niemand, der kein Mitgefühl hätte, sagt sie zu ihm, aber hör jetzt auf, dir fehlt nichts, du siehst aus wie das blühende Leben. Wunderbar, wie sie mit ihm umgeht. Und er geht auch noch auf sie ein, wenn sie ihm so mir nichts, dir nichts den Kopf abreißt. Aber wenn *ich* zu ihm sage, vergiss den Arzt, dir fehlt nichts, ist der Teufel los. Ich habe kein Verständnis für sein Leiden, behauptet er dann, mir fehlt jegliche Empathie, das Alles-miteinander-teilen-wollen, eben das, was eine gute Ehe ausmacht. Das stimmt nicht, ich habe sehr wohl Empathie. Sogar mit Tieren gehe ich gefühlvoll um. Ich halte mein Auto an, wenn ein Frosch über die Straße hüpft, und ich rede mit den Kühen, wenn wir auf unseren Wandertouren im Allgäu über eine Alm laufen. Was mir bei Roland fehlt, ist nicht Empathie, sondern Härte. Er hört mir nicht zu, wenn ich ihn anflehe, seine Krankengeschichten doch bitte schön dort zu lassen, wo sie hingehören. In die Arzt-praxis.

Letzte Woche habe ich geduldig im Wartezimmer eines Orthopäden auf ihn gewartet. Er ging zu einem Orthopäden, weil er sich überlegte, ob er sich nicht schon jetzt ein neues Hüftgelenk einbauen lassen sollte, falls die Wartelisten wegen der vielen Alten in fünf Jahren so lang sind, dass er keine Chance mehr hat, auf die Schnelle behandelt zu werden. Mindestens dreißig Minuten saß ich da und habe gewartet, bis er aus dem Sprechzimmer kam. Und in dieser Zeit musste ich mir diese Leute angucken, wie sie sich an ihrer Krücke festklammern und vor sich hinstarren. Nicht auszuhalten, diese vergrämten, verbitterten alten Säcke, denen das gesamte verkorkste Leben im Gesicht steht. Ich würde nie wagen, das Fenster aufzumachen, um mal ein bisschen Frischluft reinzulassen. Es zieht, es zieht!, schreien sie mich an. Wer will schon Leuten Vernunft einreden wollen, die der festen Überzeugung sind, dass sie sich den Tod holen, wenn ich das Fenster einen Spalt breit kippe.

Roland hat jetzt schon den zweiten Aperitif intus und jammert, dass der Alkohol ihm neuerdings auf den Magen schlägt. Ob das ein Zeichen von Magenkrebs sein könnte, will er von mir wissen. Der Arzt, den er das neulich fragte, sei unfähig, ihm eine klare Antwort zu geben. „Der kann nichts", sagt er.

„Weil er bei dir nichts gefunden hat?"

„Er sagte, mir fehlt nichts. Aber so wie er das sagte, hat das nichts zu bedeuten."

„Aber Schatzilein ..." Wenn ich spüre, dass ein langes Streitgespräch ansteht, sage ich immer Schatzilein zu ihm, als Vorbeugemaßnahme, um eine Eskalation zu vermeiden. Manchmal klappt es, aber manchmal auch nicht. Ich muss nur den passenden Tonfall erwischen. „... Aber Schatzilein, wie muss er es denn sagen, damit es etwas bedeutet?"

„Was weiß ich?! Auf jeden Fall nicht so, wie er es sagt. Er sagte, ich soll mir keine Sorgen machen. Als könnte er mir verbieten, dass ich mir Sorgen mache. Ich bin kein Kind. Und dabei hat er nur mit dem Daumen ein paar Mal in meiner Bauchgegend herumgedrückt und dann gesagt, mir fehlt nichts. Aber das hat gar nichts zu bedeuten, Annabelle."

Wenn er Annabelle zu mir sagt, weiß ich, dass ich mich vorsehen muss. Ich darf ihm nicht widersprechen. Dann hilft es auch nicht, wenn ich zehnmal Schatzilein zu ihm sage. Wir sind hier an der Bar in einem feinen Restaurant, und ich will nicht, dass die Leute um uns herum mitbekommen, über was wir reden. „Doch, das hat sehr wohl etwas zu bedeuten", sage ich leise. „Es bedeutet nämlich, dass du gesund bist. Wenn man nichts findet, heißt das, man ist gesund."

„Aber wenn ich gesund wäre, würde mir der Sherry hier schmecken. Du kannst überhaupt nicht logisch denken, Annabelle."

„Aber *du* denkst logisch?! Das letzte Mal, als du über Magenschmerzen geklagt hast, stellte sich heraus, dass du zu viel von diesen Kartoffelknödeln gegessen hast, wo du doch eigentlich keine Knödel magst. *Das* nenne ich Logik! Denk doch mal über Ursache und Wirkung nach, mein lieber Roland."

„Ja, aber das heißt nicht, dass meine Schmerzen seit Dienstag die gleiche Ursache haben. Knödel sind kein Sherry. Ein richtiger Arzt könnte das klären."

„Eben, dieser Arzt *hat* das geklärt. Er hat bösartige Ursachen ausgeschlossen, wenn er sagt, er hat nichts gefunden. Sei doch froh, dass das so ist."

„Wenn ich wüsste, dass dieser Arzt der richtige ist für diese Art Schmerzen, dann würde ich mich besser fühlen. Der Mann ist kein Gastroenterologe, und er ist noch nicht einmal dreißig. Bis vor einem Jahr war er noch ein kleiner Assistenzarzt."

„Warum gehst du dann zu ihm, wenn er zu jung für dich ist?"

„Weil Dr. Ziegler ihn mir empfohlen hat. Ich wusste ja nicht, dass er so neu in diesem Geschäft ist."

„Dann würde ich zu deinem Ziegler zurückgehen. Der ist seit dreißig Jahren im Geschäft."

„Ja, aber Ziegler hat bei mir nichts gefunden."

„Genau, das meine ich. Er hat nichts gefunden."

„Annabelle, du verstehst das nicht. Diese Ärzte wissen nichts, die tippen alle im Dunkeln. Wenn sie eine aufwendige Untersuchung machen, dann nur, um ihre neueste Anschaffung so schnell wie möglich zu amortisieren. Dabei verstehen sie ihre eigenen Geräte nicht. Hab ich doch alles schon erlebt, wie sie an ihrem Apparat sitzen und die Gebrauchsanleitung studieren. Sie schicken dein

Blut ins Labor, und wenn die Werte in einem bestimmten Bereich sind, behaupten sie, dir fehlt nichts. Aber ich weiß, dass mir was fehlt. Mir geht's auch jetzt nicht gut. Dieser Sherry schlägt mir auf den Magen."

„Soll ich den Notarzt rufen?" Ich sage das im Scherz, wohlwissend, dass ich damit den ganzen Abend versauen könnte. Aber das ist mir jetzt auch schon fast egal. Roland macht mich noch verrückt. Am Sonntag klagt er über Verdauungsstörungen und glaubt, das kommt vom Stress. Am Dienstag plagen ihn Rückenschmerzen und er ist überzeugt, dass das die ersten Anzeichen von Osteoporose sind. Am Ende der Woche beschwert er sich über Kribbeln im Oberarm, und weil es der linke Arm ist, sieht er das als Zeichen eines nahenden Herzinfarkts, was er wiederum in Verbindung bringt mit seiner Angst, den Stress nicht bewältigen zu können. Und woher soll denn überhaupt sein Stress kommen? Er ist Steuerbeamter und steht kurz vor der Pensionierung. Von seinen Erektionsstörungen sagt er nie etwas. Ich meine, *das* wäre doch wirklich ein Grund, einen Spezialisten aufzusuchen.

Ich mach das alles jetzt schon seit zehn Jahren mit, dieses Vielleicht-habe-ich-dies, Wahrscheinlich-ist-es-das, und ich habe den Eindruck, es wird immer schlimmer. Die Ärzte wissen überhaupt nichts, sie verstehen ihn nicht, oder wollen ihn nicht verstehen, sagt er und rennt alle zwei Wochen zu einem anderen Arzt, in der Hoffnung, doch noch einen zu finden, der ihm eine Diagnose stellt, die ihm gefällt. Viele seiner Ärzte hat er schon x-mal durchgemacht. Halb Stuttgart hat er auf seiner Liste. In Heidelberg war er auch schon. Mitte Januar hat er einen Termin bei einem Ernährungsberater in Backnang, und weil er dann schon mal in Backnang ist, hat er sich auch gleich bei einem Osteopathen angemeldet. Ich habe mir schon überlegt, ob ich nicht einen von diesen Leuten bestechen sollte, mit einer Urlaubsreise nach Menorca zum Beispiel, damit er bei Roland etwas findet. Der Befund muss ja nicht unbedingt eine OP nach sich ziehen. Ein längerer Kuraufenthalt würde genügen, ein Monat im Südschwarzwald, ohne mich. Oder noch besser, sie könnten ihn für eine Weile in ein Koma versetzen. Eine Auszeit im Komazustand soll entspannend wirken, habe ich gehört.

„Ich brauche keinen Notarzt", sagt er. „Ich will deine Meinung. Oder bin ich dir egal?"

„Nein, Schatzilein, das bist du nicht, natürlich nicht."

„Vielleicht soll ich es mal mit einer Wärmemassage probieren", haucht er mir kaum hörbar ins Ohr. Vielleicht schämt er sich vor der Frau, die hinter ihm an der Bar sitzt und schon ewig in ihrem Martini rührt. Sie hatte sich vorhin schon ein paar Mal nach uns umgedreht und mich schräg angesehen. Wie ich das aushalte, sollte dieser Blick wohl sagen.

„Wieso?", frage ich ihn. Du hast doch was gegen Massagen, hast du immer gesagt. Und wenn du es vielleicht mal mit einem Kochkurs versuchst? Das würde dich auf andere Gedanken bringen, und ich hätte dann auch was davon."

Das will er jetzt gar nicht hören. Er will nicht, dass ich zynisch bin, wenn er leidet. Und *wie* er leidet! Jetzt drückt er wie wild mit dem Zeigefinger in seiner Magengegend herum und stöhnt: „Ich werde nie wieder Sherry auf nüchternen Magen trinken."

Die beste Antwort, die mir einfällt ist: „Oder trink nicht so viel."

Das will er auch nicht hören, also lenkt er ab. „Ich habe neulich etwas über Akupunktur gelesen. Was meinst du, soll ich *das* mal probieren? Bei einem *richtigen* Akupunkteur, ich meine, bei einem, der sein Handwerk in China gelernt hat."

Ich bekomme jetzt richtig Lust, laut zu lachen, weil ich mir vorstelle, wie mein Roland auf der Pritsche liegt und beim sanften Summen einer Klangschale und beim Lavendelduft von Kerzen ein paar Nadeln in seine Weichteile gestochen bekommt. Mir schwebt auch eine Elektroschocktherapie vor. Vielleicht wäre *das* eine Möglichkeit, ihn auf die richtige Bahn zu schubsen. Elektroschock ist heutzutage keine schmerzhafte Angelegenheit mehr. Aber ich will ihm nicht noch mehr Angst einjagen. Was ich schließlich sage, ist, dass er es gern mal mit einer Akupunkturbehandlung versuchen kann, aber ich wüsste nicht, was Nadeln bei Bauchschmerzen bewirken sollen, wo er doch schon bei Massagen Probleme bekommt, wenn der Masseur länger als fünf Minuten an ihm herumknetet. Soll er doch einer Sekte beitreten, schießt es mir in den Kopf. *Die* würden ihn vielleicht richten. Es muss doch in unserer Gegend irgendeine Sekte geben, die jemand wie ihn aufnimmt, und sei es nur zum Entsorgen von abgebrannten Kerzen nach einer Gebetsveranstaltung, in der er die Person ist, für die man eine Stunde lang den Himmel angefleht hat.

Ich weiß, ich bin in den letzten paar Minuten richtig gehässig geworden, aber der Mann ist nicht auszuhalten. Ich kann mich bald nicht mehr zügeln. Meine Freundin Marlene sagt, er braucht einen Hund, einen Gefährten, der ihm liebevoll zuhört und alles mitmacht. Es dauert keine Minute, bis er die Idee mit der Akupunktur wieder verworfen hat. Er stellt seinen Sherry auf den Tresen und streckt mir beide Hände entgegen.

„Annabelle, ich glaube das linke Handgelenk ist mehr geschwollen als das rechte. Schau." Er dreht beide Handgelenke von innen nach außen, und dann von außen nach innen. Dann legt er sie auf meinen Schoß und sieht mich an wie ein Kind, das sich beim Spielen auf der Straße die Knie blutig gescheuert hat.

Ich verspüre nicht die geringste Lust, seine Hände zu betatschen. Ich schaue sie mir nur kurz an. Mir fällt nichts Ungewöhnliches auf, trotzdem sage ich, dass beide geschwollen sind, und zwar gleich stark, dass mir allerdings die rechte Hand eine Idee rötlicher vorkommt als die andere. Ich weiß nicht, warum ich das jetzt gesagt habe. Die rechte Hand hat genau die gleiche Farbe wie die andere. Vielleicht will ich nur meinen Frust rauslassen und ihn provozieren. Er starrt auf seine Rechte, und nach ein paar langen Sekunden sagt er mit einer Stimme, aus der panische Angst spricht: „Ja, das ist mir heute auch schon aufgefallen. Ich glaube, ich ruf morgen gleich um acht bei Dr. Hauff an."

„Aber morgen wollen wir doch in die Ausstellung in Karlsruhe."

„Das können wir verschieben. Diese Ausstellung läuft uns nicht weg."

„Das haben wir aber so geplant. Deine Hände werden dir schon nicht abfallen, wenn du erst übermorgen zum Arzt gehst."

„Aber was soll ich bis dahin machen?"

„Ich schlage vor, du schonst deine Rechte und machst nicht immer an dir herum."

Ich muss das ziemlich laut gesagt haben, denn die Frau hinter ihm bricht in schallendes Gelächter aus. Offenbar findet sie das alles furchtbar lustig. Ich nicht, und Roland spielt die beleidigte Leberwurst. Am liebsten würde ich ihn von seinem Hocker stoßen, und dieser Frau, die sich wegen uns so prächtig amüsiert, sollte ich meine Bloody Mary ins Gesicht schütten. Wo bleiben denn Regine und ihr Hermann, verdammt noch mal!

Mach den Kragen zu

Zieh dich warm an, es ist kalt draußen. Ich muss ihm das jedes Mal sagen, wenn er aus dem Haus geht, wie bei einem Kind. Bei Siggi war es ähnlich, nur war es bei ihm seine Schlampigkeit, die mich zum Rasen brachte. Hätte ich ihm morgens nicht die Schuhe hingestellt, wäre er barfuß zur Arbeit gegangen. Manchmal kam er in Hausschuhen vom Bäcker nach Hause und behauptete doch glatt, das sei ihm gar nicht aufgefallen. Was war das, Dummheit oder nur Bequemlichkeit? Im Urlaub in Spanien hat er jeden Sommer unsere Postkarten in den Schlitz von Abfallbehältern geschoben, weil er glaubte, das seien Briefkästen. *Das*, würde ich sagen, war Dummheit höchsten Grades. Er kann ewig lang auf der Fernbedienung Tasten herumdrücken, ohne dass sich was tut, bis ihm jemand sagt, dass es der Telefonhörer ist, mit dem er das Fernsehprogramm wechseln will. Wie Gundula das packt, verstehe ich nicht.

Ich kann es immer noch nicht fassen, dass er überhaupt eine Neue gefunden hat. Sie muss ihn angesprochen haben, denn er redet ja kaum ein Wort. Sie haben sich in einem Park auf Madeira getroffen. Jedenfalls hat er das gesagt, was ich ihm aber nicht so ganz abnehme. Madeira? Jemand, dem beim Anblick von steilen, ins

Meer abfallenden Felshängen schwindlig wird, geht doch nicht nach Madeira. Außerdem mag er keine Parks. Zu beengt, um spazieren zu gehen, sagt er, wobei er sowieso kein Interesse an Gartenanlagen hat. Mit mir ist er jedenfalls nie in einem Park gewesen. Nur einmal waren wir zusammen in einem Park, im Central Park in New York, aber das war mit einer Reisegruppe. Ein Jahr später behauptete er doch glatt, er könne sich nicht erinnern, in Manhattan einen Park gesehen zu haben. Gelbe Taxis ja, aber keine Bäume und kein Wasser. Dabei weiß ich ganz genau, dass wir im Metropolitan Museum of Art hinten aus dem Fenster schauten und über den Central Park blickten und er mich fragte, ob dieser See schon immer da war. Ein Wunder, dass er sich erinnert, dass wir unsere Hochzeitsreise in Amerika machten, wo er doch schon mal Kalifornien mit Spanien verwechselte. Warum er behauptet, er habe Gundula in einem Park kennengelernt, ist mir ein Rätsel. Vielleicht hat sie ihn dabei beobachtet, wie er in Abfallkörben herumwühlte und nach seinen Postkarten suchte. Es geschieht öfters, dass er vergisst, Briefmarken draufzukleben, bevor er sie in den Schlitz schiebt.

Wenn er sich auf eine Frau einlässt, dann nur wenn sie schlank ist und wenig Schminke trägt. Er hat sich immer über dicke Frauen lustig gemacht, besonders wenn sie dazu noch ihr Gesicht anmalen. Faschingspuppen nennt er sie, wenn sie einen Zentimeter dicken Kleister im Gesicht tragen und den Mund mit feuerrotem Lippenstift von einem Ohr zum anderen ziehen. Die richtig

Dicken nennt er Dicke Berthas, schwere Geschütze, die einen erdrücken, wenn sie auf einem sitzen. Dieses blöde Geschwätz war immer eine Warnung an mich, auf meine schlanke Taille zu achten. Das habe ich getan, mit viel Gymnastik und täglich dreimal fünfzehn Minuten Hoola-Hoop Training. Hat im Endeffekt aber auch nichts gebracht. Ich hätte wie Twiggy im Minirock aussehen können, er hätte mich trotzdem nicht beachtet.

Er wollte mit mir in der Öffentlichkeit nicht auffallen. Das war immer sein großer Wunsch gewesen. Du meine Güte, die Leute hätten ihn ja ansprechen können. Was haben Sie denn für eine so gut aussehende, adrett gekleidete Frau? Und so schlank, haben Sie ein Glück! Dann hätte er etwas sagen müssen. Wer? Ach du grüne Neune, meine Frau, ja. Und dann müsste er den Leuten erklären, warum er von mir nichts wissen will, obwohl ich eine so tolle Figur habe. Das wäre ihm extrem peinlich gewesen. Also lieber nicht auffallen. Keine grellbunten Kleider, keine glitzernden Anhänger, wenig Busen, Haare brünett und glatt, nichts Welliges und kein Gekräusel, und schon gar nicht aufgepludert. Bloß nicht wie ein bunter Gockel herumlaufen, sagt er immer. Er will eine schweigsame Frau, eine, die keine hohen Ansprüche stellt, schlicht und unscheinbar, eine, die nicht auffallen will, damit auch er keine Aufmerksamkeit auf sich zieht und dann vielleicht den Mund aufmachen muss.

Er lässt sich auch nichts sagen. Hört einfach nicht zu, wenn ich ihn bitte, ein frisches Hemd und eine gut sitzende Hose anzuziehen. Im Theater zum Beispiel. Wenn er selbst schon nicht auffallen will, dann soll er sich doch bitte wenigstens annähernd so kleiden wie der Normalmensch. Oder ist das zu viel verlangt? Ich war einmal mit ihm zu einer Vernissage in einer Galerie eingeladen. Am liebsten wäre ich allein hingegangen, aber da gucken einen die Leute so mitleidig an, wenn man ohne Begleitung erscheint. Eine Designerin ohne Mann, da stimmt was nicht, sagen die Blicke. Wo doch kunstschaffende Frauen von Männern nur so umschwärmt werden und sich mit einer Vielzahl von Verehrern brüsten wollen. Solche Frauen sind begehrt, sagt man. Weil sie kreativ sind, kann man unkonventionelle Dinge mit ihnen anstellen, heißt es. Aber das ist größtenteils ein Mythos. Ich kenne nicht wenige Designerinnen, die ohne Mann auskommen, und das ganz gut sogar.

Für einen wie Siggi hätten diese Frauen sowieso nichts übrig. Er kam auf dieser Vernissage daher wie ein Zirkusclown, in einer schreiend bunt karierten Hose. Man hätte glauben können, er kommt gerade von einem Faschingsumzug. Ich habe mich in Grund und Boden geschämt. Einige Leute haben sich bei seinem Anblick verschluckt, und die Inhaberin der Galerie hat mich später ganz süffisant gefragt, ob das tatsächlich mein Mann sei. Sie konnte es nicht fassen, dass ich mit ihm verheiratet bin und dass ich seine Aufmachung auch noch rechtfertige. Ich sagte, er sei Schriftsteller. Die Art, wie er sich kleide und sich unter Leute mische, sei seine Methode, originelles Material für einen neuen Roman zu sammeln. Ich hätte ja nichts dagegen gehabt, wenn er mit seinem

Verhalten eine Antihaltung gegen irgendetwas ausdrücken wollte. Jeder Mensch muss die Möglichkeit haben, sich offen gegen etwas zu äußern, er sollte sich aber über sein eigenes Verhalten im Klaren sein. Er sollte reflektieren. Doch das Reflektieren liegt ihm nicht, ihm ist alles egal. Haben wir heute Freitag oder Samstag?, fragt er mich am Mittwoch. Am Sonntag steht er erst um die Mittagszeit auf. Ich warte mit dem Mittagessen, bis der Herr sich bequemt, aus dem Bett zu steigen, und dann sitzt er im Bademantel am Tisch, was ich sowieso nicht ausstehen kann. Wenn ich Pech habe, sitzt er im ärmellosen Unterhemd da. Den Rest des Sonntags hockt er vor dem Fernseher und guckt Cartoons, oder, wenn er die Fernbedienung irgendwo verschlampt hat, liest er Fantasy Romane. In den letzten Jahren unserer Ehe hat er jede Woche einen anderen Verschwörungsthriller verschlungen.

Hermann ist da ganz anders, aber er hat gewisse Tendenzen, die mir etwas Sorge bereiten. Man sagt, im Alter intensivieren sich die Macken, die ein Mensch schon als Kind gehabt hat. Ob das bei allen so ist, weiß ich nicht, aber bei meinem Vater war das so. Seine Hemden mussten schneeweiß und immer perfekt gebügelt sein. Er legte größten Wert darauf, dass seine Hemden auch beim Abendessen immer noch wie frisch gebügelt aussahen, und das auch noch, als er schon fünfundsiebzig war. Wo kämen wir denn da hin, sagte er, wenn man beim Essen aussieht wie ein Penner. Mein Vater war Lehrer, und als Lehrer muss man bei den Kindern einen guten Eindruck hinterlassen. Das war sein Credo. Die Kinder müssten schon am Äußeren des Menschen erkennen können, dass die Person, die Vorgaben gibt, Erklärungen liefert und Regeln interpretiert, auch Autorität besitzt. Und dafür braucht man ein weißes Hemd mit einem steifen Kragen.

Mein Vater war die Steifheit in Person. Auf dem Tisch neben seinem Bett hatte er ein gerahmtes Bild von seinem heißgeliebten Vorbild stehen, Professor Sauerbruch, mit Fliege am weißen Kragen. Was könnte schlimmer aussehen, als ein Mensch, der sich als Autoritätsperson ausgibt, sich aber in einem bunt gemusterten, nicht gebügelten Hemd ohne steifen Kragen sehen lässt? Das war seine Sichtweise der Dinge. Eigentlich war das seine gesamte Lebensphilosophie, nur ist er damit übergeschnappt, nachdem er nicht mehr im Schuldienst war. Zweimal am Tag hat er die Hemden gewechselt, und wenn Leute zu Besuch kamen, auch wenn es nur die Nachbarn waren, hat er immer eine Fliege zu seinem weißen Hemd getragen. Die ersten Worte, die er zu meiner Mutter sagte, als sie von ihrer Kur heimkam, waren, Ich hab kein frisches Hemd mehr, warum hast du mir nicht mehr Hemden hergerichtet? Es wäre ihm nie in den Sinn gekommen, selbst für seine Hemden zu sorgen. Keine Einsicht, kein Reflektieren, Sturheit stand ganz oben auf der Liste seiner Macken. Wenn es Streit gab zwischen ihm und meiner Mutter, rannte sie heulend zu den Nachbarn und sagte, sie habe einen sturen Esel geheiratet.

Hermann kann auch ziemlich starrköpfig sein, auch wenn er weiß, dass er sich mit seinem Verhalten selbst das Leben schwer macht. Zumindest denke ich, dass er das weiß. Ich sage zu ihm, zieh einen Mantel an, es ist kalt. Aber er sieht mich an, als hätte ich etwas Ungehöriges von mir gegeben. Dabei hat er so viele schicke Mäntel im Schrank hängen. Er besteht darauf, eine hauchdünne Jacke anzuziehen. Er sagt, es sei noch zu früh im Winter, um einen Mantel zu tragen. Der Winter sei noch nicht voll da, es müsse erst richtig kalt werden, bevor es Sinn mache, in einen Mantel zu schlüpfen. Im Dezember trägt er keinen Mantel, weil es erst Dezember ist, auch wenn wir schon tagsüber Minusgrade haben. Den Mantel hebt er sich für Januar auf. Und wenn er doch einmal schon im Dezember einen Mantel trägt, wie neulich, heißt das nicht, dass er die Knöpfe zumacht. Dann sieht er aus wie der Fliegende Holländer im Sturm auf hoher See. Mit den Händen hält er den Mantelkragen zu, der im eisigen Wind flattert wie ein Segel im Sturm.

Seine bockige Haltung zeugt von Schwachsinn, aber ich kann das mit ihm nicht rational ausdiskutieren. Vielleicht hat er Angst, wenn er an den Knöpfen zu oft herummacht, reißt irgendwann der Faden und sie fallen ab. Das wäre ein nicht wieder gutzumachender Verlust, denn wenn die Ersatzknöpfe nicht passen, könnte der Mantel massiv an Wert verlieren. Und die ganze Batterie Knöpfe austauschen, kommt für ihn nicht in Frage.

Ich möchte bloß wissen, wo er das her hat. In anderen Dingen ist er ein rationaler Mensch. In seinem Beruf zum Beispiel. Er kreiert Bauwerke, von denen einige sogar in Architekturzeitschriften als „richtungweisend" und

„höchst originell" erwähnt wurden. Als Architekt ist er anpassungsfähig. Er kann flexibel und spontan auf Kundenwünsche eingehen, und er weiß auch mit schwierigen Kunden umzugehen, aber beim Tragen von Mänteln im Winter setzt bei ihm der Verstand aus. Ich kenne seine Reaktion schon im Voraus. Wenn ich sage, es ist kalt draußen, zieh einen warmen Mantel an, weiß ich genau, was kommt. „Nein, eine Jacke genügt", sagt er ohne mit der Wimper zu zucken.

Auch wenn ich den Fortgang dieses Austauschs an Meinungen schon im Vorfeld kenne, gebe ich mich zuerst mal naiv. „Warum? Du hast doch ein paar schicke Mäntel, da siehst du gut drin aus."

„Aber die Jacke ist nicht so schwer."

„Du musst den Mantel ja nicht im Restaurant tragen, du kannst ihn in der Garderobe abgeben."

„Aber auf dem Weg ins Lokal ersticke ich in diesem dicken Mantel."

„Aber es sind doch nur ein paar Meter vom Auto bis zum Restaurant."

„Eben deshalb. Für die wenigen paar Meter reicht die Jacke vollkommen. Da brauch ich keinen Mantel."

Hermanns Logik ist manchmal bestechend einfach, aber das ist kein Grund für mich, so schnell aufzugeben. „Dann zieh doch wenigstens den Schal an", flehe ich ihn an.

„Ich kann keinen Schal tragen, das geht nicht. Ich kann nicht atmen, wenn ich etwas um den Hals hängen habe."

Wenn ich jetzt einen Witz mache und sage, er könnte ein Sauerstoffgerät mitnehmen, würde er *mich* einen sturen Bock nennen, und damit wäre nichts gewonnen. Und wenn ich ihn darauf hinweise, dass auch andere Männer einen Schal tragen, habe ich das Argument endgültig verloren. Dann wird er richtig pampig und sagt, er sei nicht wie die anderen Männer. Also schlage ich etwas in der Mitte vor, etwas zwischen Sauerstoffgerät umhängen und keinen Schal tragen. „Du kannst den Schal ja locker tragen, sodass du gerade noch atmen kannst."

„Wenn andere einen Schal tragen, muss das noch lange nicht heißen, dass auch ich einen trage", ist dann seine nicht ganz unlogische Antwort.

„Nein, das musst du nicht, aber ich will nicht, dass du dich erkältest."

Als Antwort bekomme ich von ihm die Erklärung, dass er drei Jahre in Saskatoon gelebt hat und sich in vier Monate lang dauernden Wintern bei zwanzig bis dreißig Grad minus jeden Tag für den Rest seines Lebens abgehärtet hat. Deshalb bräuchte er jetzt in Deutschland keinen Schal. Zehn Minuten geht das jetzt schon hin und her, und ich befürchte schon, dass wir zu spät kommen. Ich erinnere ihn daran, dass wir auf dem Weg nach Tübingen auch noch Sieglinde abholen müssen.

„Was ist, wenn *sie* keinen Schal um den Hals hat?", fragt er süffisant. „Darf sie dann nicht mitkommen, oder muss ich dann auch keinen Schal tragen?"

Bei dieser Frage geht mir die Luft aus, und ich sage lieber nichts mehr. Eine Stunde später muss ich zusehen, wie er in einer hauchdünnen Jacke vom Parkplatz zum Restaurant rennt, gebückt, den Kopf einziehend und mit beiden Händen den Kragen der Jacke zuhaltend, während Sieglinde und ich gemütlich, in Mantel und Schal gehüllt, hinterhertrotten. Er rennt, weil er friert, das sehe ich ihm an. Und meine aufmerksame Schwester fragt mich grinsend, warum ich mich nicht um ihn kümmere. *Sie* würde ihn bitten, einen Mantel anzuziehen, sagt sie in einem Ton, den ich als vorwurfsvollen Hinweis auf meine Skrupellosigkeit verstehen soll.

Hermann friert, aber in seiner Sturheit würde er nie und nimmer zugeben, dass ihm kalt ist. Wenn ich ihm einen leicht hämischen Blick zuwerfe, sagt er, dass es ihn höchstens am Kopf friert. Sein Körper jedoch sei rundum warm, er habe nämlich heißes Blut, genau wie seine Mutter. Doch warum sein heißes Blut ihm nicht auch den Kopf wärmt, hat er mir noch nicht verraten. Vielleicht hört sein Blut oberhalb des Halses zu fließen auf.

Sein Kopf scheint sowieso ein ganz spezieller Teil von ihm zu sein, äußerst empfindlich und in manchen Dingen schwer durchschaubar, auch für mich, obwohl wir schon seit einiger Zeit zusammenwohnen. Anfangs war mir seine Abneigung gegen Mäntel nicht bewusst gewesen. Wir lernten uns im Frühling kennen. Es war Anfang April, und für meine Verhältnisse immer noch ziemlich kühl. Er stand in einer dünnen Regenjacke vor der Ankunftshalle, aber ich glaubte damals, er hätte sich nur mit dem Wetter verschätzt, als er aus Philadelphia anreiste, wo es zu dieser Jahreszeit bereits warm war.

Mein Hermann hat auch noch andere Macken, die ich allerdings schon recht bald erkannte. Wenn er das Haus für länger als eine halbe Stunde verlässt, nimmt er gewöhnlich ein Buch mit. Er mag keinen Leerlauf in seinem Leben, sagt er. Er hasst es, irgendwo länger als eine halbe Stunde festzustecken, ohne Arbeit und ohne Gesprächspartner. Deshalb hat er ein Buch bei sich, um die Zeit produktiv zu nützen. Wenn er zu Fuß unterwegs ist, muss es ein sehr kleines Buch sein, die Größe eines Reclam Heftes, damit er es bequem in jede Tasche stecken kann. Und für Bahnfahrten darf es keine schwer zu verdauende Literatur sein, weil er sich im Zug nur schlecht konzentrieren kann. Theaterstücke sind gut geeignet für Kurzreisen. Dann liest er Stücke wie „Der eingebildete Kranke" oder „Wer hat Angst vor Virginia Woolf?" Er nennt Lesen eine produktive Beschäftigung, kommt aber gar nicht auf die Idee, dass das Schließen der Augen ebenso produktiv sein kann, weil es der Erholung dient und somit eine gute Voraussetzung für weiteres Arbeiten schafft.

Zu seiner Vorstellung von produktiv sein gehört das Basteln von Modellen. Manchmal verbringt er die halbe Nacht in seinem Büro zu Hause, wo er Holzmodelle von imaginären Bauvorhaben zusammensetzt, die er dann am nächsten Tag wieder auseinanderreißt. Ich denke, das ist wie das Schreiben eines Romans, wenn der Schriftsteller stundenlang an einem einzigen Absatz bastelt, neue Wörter erfindet, Synonyme austauscht, Kommas neu setzt, Betonungen einbaut und wieder streicht, und Dialoge umformuliert, nur um dann am nächsten Tag den gesamten Absatz zu streichen. Als Designerin kann ich ja verstehen, dass es wichtig ist, ein Gebäude sich vorstellen zu können, bevor man überhaupt mit der Arbeit beginnt. Aber mein Hermann übertreibt es gewaltig. Vielleicht ist es am besten, ein Modell gar nicht erst zusammenzukleben, damit er die Teile wieder verwenden kann. Vielleicht sollte ich ihm das mal sagen.

Wenigstens ist er sich seiner Marotte mit dem nächtlichen Modellbauen bewusst, und das halte ich ihm zugute. Er kann sogar darüber lachen. Er weiß auch, wo diese Marotte herkommt. Sein Vater, der Bauingenieur war, hatte ihm schon als Fünfjährigem für seine Modelleisenbahn ganze Kästen voller Modellhäuser zum selber zusammenbauen geschenkt und ihm eingetrichtert, dass das Endresultat seiner Bemühungen nicht nur Standfestigkeit und die perfekten Winkel haben muss, sondern auch in das Gesamtbild der Eisenbahn passen muss. Er nahm diese Aufgabe so ernst, wie ich die Auswahl von Kräutern in der Suppe ernst nehme, das heißt, *tod*ernst. Als Innenraumgestalterin verstehe ich die Bedeutung des Gesamtbildes, aber sein Beharren auf die richtige Nachtbeleuchtung in seinem Arbeitszimmer nimmt mir doch manchmal die Luft weg.

Natürlich hat er auch heute Abend ein Buch über Architektur mitgenommen. Falls wir in Tübingen von einem Schneesturm überrascht werden und wir in einem Hotel übernachten müssen, sagt er. Dann hat er wenigstens etwas zum Lesen. Ein Buch hat er mitgenommen, um für einen plötzlichen Wintereinbruch gewappnet zu sein, aber den Wintermantel und den Schal hat er zu Hause gelassen. Verstehe das, wer will. Natürlich gibt es Schlimmeres, das ist mir schon klar. Aber was mache ich, wenn in zehn Jahren bei ihm Macken zum Vorschein kommen, die die nahende Senilität ankündigen? Wenn er zum Beispiel bei einem Buch in der Mitte zu lesen beginnt, weil er Angst hat, nicht bis zur Pointe der Geschichte zu kommen? Oder wenn er als Achtzigjähriger im Hochsommer im Wintermantel aus dem Haus geht, und im tiefsten Winter in Badeschlappen? Ich will mir nicht ausmalen, was meine Freunde zu mir sagen, wenn er im Januar Siggi auf der Straße in Badeschlappen über den Weg läuft, der dann schon so alt sein wird, dass er, ohne es zu merken, seinen Rollator barfuß durch den Schnee schiebt.

Spieglein, Spieglein an der Wand

„Findest du ich sehe müde aus? Ich fühle mich heute irgendwie alt. Sieht man das?"

„Ich weiß nicht."

„Aber diese Ringe unter den Augen, und die vielen Falten. Wie eine Krähe sehe ich aus."

„Wieso Krähe?"

„Jetzt schau mich doch mal an. Ich finde, die Haut auf den Wangen ist furchtbar runzelig. Die Stirn ist auch nicht viel besser. Die Furchen sind ja schrecklich. Sehe ich viel älter aus, als ich in Wahrheit bin? Was meinst du?"

„Was soll ich meinen?"

„Sehe ich nicht grässlich aus?"

„Wieso grässlich?"

„Jetzt sag doch was."

„Was soll ich denn sagen?"

„Deine Meinung. Ich will deine Meinung hören, Sigmund. Sehe ich alt aus?"

„Man ist so alt, wie man sich fühlt."

„Was soll das?! Ich will von dir nicht wissen, wie ich mich zu fühlen habe. Ich will wissen, ob ich alt aussehe."

„Du bist nicht alt."

„Das weiß ich selber. Ich bin fünfzehn Jahre jünger als du. Aber sieht man das auch?"

„Weiß ich doch nicht."

„Wieso weißt du das nicht? Das muss man doch sehen! Sag mal, kannst du mir nicht eine anständige Antwort geben? Hörst du mir überhaupt zu?"

„Ja."

„Dann kannst du mir doch sagen, ob ich alt aussehe."

„Nein."

„Was heißt nein? Sehe ich alt aus oder nicht?"

„Ja. Nein. Ich meine, nein, du siehst nicht alt aus."

„Aber du schaust ja gar nicht her."

„Ich hab dich vorhin angesehen."

Sigmund sagt das mit einer Teilnahmelosigkeit, die ich höchstens bei meiner Mutter erlebt habe, nachdem man sie ins Altersheim eingewiesen hat. Sigmund ist heute schlimmer denn je, den ganzen Tag schon. Man ist so alt wie man sich fühlt. Diese pseudopsychologischen Sprüche, wie ich das hasse! Ich rede mit ihm, ich benütze klare Worte, ich frage nach seiner Meinung, aber er reagiert gar nicht. Ich muss mich immer wiederholen, weil nichts zu ihm durchdringt. Wenn ich sage, er soll mir zuhören, läuft er einfach weg. Jetzt sagt er, er muss etwas einkaufen, eine Stunde, bevor wir nach Tübingen fahren! Dabei war er heute Vormittag schon Einkaufen. Ich sagte ihm, er soll Blumen mitbringen, die Blumen im Wohnzimmer sind verwelkt. Dann fragt er mich, was für Blumen? Ich habe seit Montag diese schönen Nelken auf dem Esstisch stehen, und er fragt, was für Blumen? Was er dann nach Hause bringt, sind keine frischen Blumen, sondern irgend so ein Drahtgestell aus dem Baumarkt und ein paar Plastikblumen. Er sei in einem Blumenge-schäft gewesen, habe aber nichts gefunden. Aber das sei egal, sagte er. Ich sagte, du bist verrückt, Plastik ist etwas anderes als frische Blumen. Plastik hält ewig, war seine Antwort. Dann verschwand er in den Keller.

Warum ist er bloß so? Jeder meiner Patienten wäre da anders. Wenn ich die um eine klare Auskunft bitte, be-komme ich eine Antwort. Sie reden mit mir, sie zeigen Interesse an mir. Sie sitzen da und starren mich an. Keine dreißig Zentimeter ist mein Gesicht von ihrem entfernt, wenn ich an ihnen arbeite. Warum hab ich diesen Beruf gewählt? Weil ich weiß, wie wichtig ein gerader Blick ist für ein intaktes Selbstwertgefühl. Die Menschen wollen einem in die Augen sehen können, sie wollen einen kla-ren Blick haben, aus welchen psychologischen Grund auch immer. Aber es ist so, Orthoptik und Psychologie gehören zusammen wie Linsen und Spätzle. Und weil ich weiß, welch großen Wert meine Patienten auf schöne Augen legen und was mit einem Menschen im Kopf pas-siert, wenn er schielt, weiß ich auch, dass sie sich mein Gesicht genau ansehen, während ich sie untersuche. Sie begutachten mein Gesicht, sie machen sich ein genaues Bild von meinen Falten und zählen meine Krähenfüße, weil sie wissen wollen, wie alt ich bin. Ich kann ihnen dafür nicht einmal böse sein. Schließlich gebe ich ihnen keine andere Wahl, als mein Gesicht zu studieren, wenn ich ihnen gegenüber sitze.

Aber Sigmund bin ich böse. Ich habe den Eindruck, mein Aussehen ist ihm egal. Als ich ihn ganz am Anfang mal fragte, ob er sich in mich verliebt hatte, weil er mich schön fand, hat er nichts geantwortet. Ich hätte nachhaken sollen, ich dumme Kuh. Wenn schon sein Herz an mir hängt, hätte er mir doch auch sagen können, dass er mich attraktiv findet. Jetzt will er sich in Bad Wildbad eine Ferienwohnung zulegen, damit er dort öfters das Thermalbad besuchen kann. Sein Arzt habe ihm das geraten, sagt er. Er bräuchte Ruhe, seine Laborarbeit sei sehr anstrengend. Ich glaube eher, er will seine Ruhe von mir, und er sucht eine Bleibe in Bad Wildbad, weil er genau weiß, wie sehr ich Thermalbäder hasse. Das heiße Wasser tut meiner Haut nicht gut, und ich fühle mich auch nicht besonders wohl im Badeanzug, und nackt mit anderen Leuten im Becken herumplantschen kommt sowieso nicht in Frage. Neben den Falten habe ich auch noch Pickel. Ich sehe aus wie eine pubertierende Fünfzehnjährige, wenn ich mich aufrege. Deshalb gebe ich ein Vermögen aus für alle möglichen Gesichtscremen. Ich trage eine zentimeterdicke Schicht Puderzeug und gehe das Risiko ein, dass das Zeug zerbröselt, wenn ich mit Leuten zusammen bin.

Das ist mir mal in der Sauna passiert. Meine neueste Anti-Aging Creme, seit Jahren von Jane Fonda beworben, ist wie Schnee im Frühling geschmolzen. Sie hat sich mit meinem Gesichtspuder vermischt und dann hat sie sich auch noch ins Rötliche verfärbt, und als ich später vor dem Spiegel stand, sah mein Gesicht aus wie ein Acker mit überreifen Tomaten. In der Dusche haben sie mich alle angestarrt, als hätte ich die Pocken. Nie wieder setze ich mich einer dampfigen Luft aus, das habe ich mir geschworen. Vielleicht habe ich einen kleinen Sprung in der Schüssel, aber ich sehe nicht ein, warum es mir schlechter gehen soll als den vielen Frauen, die von Natur aus eine reine Haut haben und in Dampfbädern ein und aus gehen, als wäre es der Supermarkt.

Ich mag es nicht, wenn Leute mich beobachten und ich davon nichts weiß. Wenn ich ins Restaurant gehe, lasse ich mir einen Ecktisch geben, damit ich mit dem Rücken zur Wand sitzen kann. Meine Mutter hat mich immer ausgespäht. Sie stand hinter riesigen Zimmerpflanzen und hat mich beobachtet. Sie wollte auf keinen Fall den Moment verpassen, wenn ich die Suppe, die ich immer so hasste, aus dem Fenster schüttete. Hätte sie mich mal gefragt, was mit dieser Suppe nicht stimmte, hätte sie sich den ganzen Aufwand sparen können.

Meinem Bruder dagegen hat sie nicht aufgelauert. Ihm hatte sie immer viel mehr Freiheiten gegeben als mir. Wahrscheinlich ist auch das der Grund, warum er mit den Widrigkeiten in seinem Leben nicht klarkommt. Er hatte sich als Kind nie so verteidigen müssen wie ich, unsere Mutter hatte ihm alles in den Schoß gelegt. Vor einem halben Jahr ließ er sich scheiden, nach fast fünfundzwanzig Jahren Ehe. Er hat es nicht länger aushalten können, sagt er. Sie hat ihn ausgenützt, nach Strich und Faden, sogar nach der Scheidung hat er noch den Kürzeren gezogen. Und jetzt trauert er ihr nach, nicht weil er sich nach ihren Eskapaden sehnt, sondern weil er nicht weiß, was er mit sich anfangen soll. Fünfundzwanzig

Jahre Ehe können zu so etwas führen, zu absoluter Rat-
losigkeit, weil man plötzlich allein ist und die Hälfte der
gemeinsamen Freunde sich zurückgezogen haben und
einige der eigenen Freunde zur anderen Seite überge-
sprungen sind. Die Dinge, die seine Frau zurückgelassen
hat, haben ihren Sinn verloren, sagt er mir, aber er bringt
es nicht fertig, diese Sachen rauszuschmeißen.

Da bin ich schon anders. Als ich das erste Mal Sigmunds Haus betrat, war seine Alte allgegenwärtig. Sie
war überall, ich konnte sie sogar riechen. Das kann ich
immer noch, obwohl sie nun schon seit Jahren aus dem
Haus ist. Ihre Fingerabdrücke sind überall, auf dem Ker-
zenständer, an den Vorhängen, an den selbst gestrickten
Topflappen und auf der Vase mit dem Venedig Motiv,
dieses bodenlos scheußliche Stück. Keine Ahnung, wo
man so was kaufen kann. Im Baumarkt wahrscheinlich.
Wie eine Frau, die in ihrem Beruf nichts anderes tut als
gestalten, ihre Wohnung so bescheuert einrichten kann,
ist mir ein Rätsel. Sigmund sagt, sie hält sich für kreativ.
Das muss sie ja wohl, wenn man diesen Beruf hat. Ist
auch nicht anders als wenn ein Mann bei der Müllabfuhr
sich für besonders schlau hält, weil er zwischen Milch-
kartons und Zeitungspapier unterscheiden kann.

Sie mag sich für kreativ halten, ich würde aber eher
sagen, in ihrem Kopf herrscht ein heilloses Durcheinander. Als ich das erste Mal in diesem Haus war, sah ich
nur Chaos, ein heilloses Durcheinander, das mich richtig
nervös machte. Sigmund schien dies Durcheinander gar
nichts auszumachen. Wie kann man nur so wohnen?,

fragte ich ihn, und er sagte, das hätte er so noch gar nicht bemerkt. Die Stühle um den Esstisch herum passten überhaupt nicht zusammen. Fünfziger Jahre Stücke, Viktorianisches und Biedermeier, Erbstücke, denke ich mal. Alles auf einem Haufen, ein Graus. Und die Tischdecke sah so aus, als hätte ihre Großmutter sie bestickt. Altmodisch und abgenützt, wie alles in diesem Haus. Ich könnte mich da nie wohlfühlen. Seiner Ex fehlt jegliches Gespür für Einheitlichkeit. Ein Geschmack zum Erbrechen, und das nennt sie Raumgestaltung! Bin gespannt, wie sie heute Abend daherkommt. Im Pelzmantel ihrer Urgroßmutter wahrscheinlich, und mit Handgelenkwärmern, wie Jane Austen sie trug. So wie Sigmund sie beschreibt, diese vollbemähnte Kommandeuse aus dem Ehestraflager, wird sie uns weismachen wollen, dass zottelige Bärenmäntel gerade wieder in Mode sind.

Warum Sigmund sich auf dieses Treffen überhaupt eingelassen hat, ist mir unerklärlich. Er soll doch froh sein, dass er seine Peinigerin los ist. Glaubt er vielleicht, wenn er in die Welt der Erinnerungen eintaucht, wird ihm das in seinem jetzigen Leben weiterhelfen? Mein lieber Sigmund, da täuscht du dich aber. Die Vergangenheit sollte man abschließen, sage ich immer, damit man die Zukunft mit offenen Armen empfangen kann. Ich habe schon vor unserer Hochzeit mit meiner Entrümpelungsaktion in seinem Haus begonnen, in kleinen Schritten, weil ich dachte, er würde sich wehren. Viele Männer haben Probleme, die Sachen ihrer Ex zu entsorgen, weil sie glauben, sie macht Aufruhr, wenn sie zurückkommt, mit dem Vorwand, den Rest ihrer Sachen zu holen. Dabei will sie nur herumschnüffeln, was ihr Ex wohl so macht in seiner neuen Ehe. Oder wie mein Bruder, der nichts von seiner Alten rauswerfen kann, weil er an ihren Habseligkeiten klebt wie Kleister.

Gott sei Dank lässt es Sigmund kalt, wenn ich etwas von ihren alten Sachen entsorge. Er macht es mir schön leicht und angenehm, er lässt mich machen, wie ich will. Er ist nicht besitzergreifend, er kommt mir nicht in die Quere, das ist sein großes Plus. Als nächstes werde ich die Wände streichen. War auch längst überfällig. Und dann muss ein neuer Teppichboden her. Neue Möbel habe ich auch schon ausgesucht.

Ich fahre Mercedes

Da sind sie ja! Endlich! Ich finde, wenn man eine so weite Anfahrt hat, verlässt man das Haus mindestens eine halbe Stunde früher. Er will sich bei uns vorstellen und kommt eine geschlagene Stunde verspätet. Das geht schon gar nicht. Das ist nicht nur asozial, das ist geradezu antisozial. Annabelle und ich wohnen nur dreißig Kilometer von hier entfernt, und wir sind trotzdem eine halbe Stunde früher losgefahren als nötig. Aber dieser Herr, wie heißt er nochmal, Dietmar, Dieter oder so ähnlich, es scheint ihm überhaupt nichts auszumachen, so spät zu erscheinen. Er ist mir jetzt schon unsympathisch, so wie er dasteht, mit seinen letzten paar säuberlich auf den Schädel geklebten Haarsträhnen, und wie er uns angrinst, als sollten wir dankbar sein, dass er überhaupt gekommen ist. Und wir sind auch noch so blöd und unterbrechen unsere Unterhaltung, weil er begrüßt werden will. Ich soll jetzt auch noch aufstehen, um ihm die Hand zu geben. Vielleicht glaubt er, weil er aus Bayern kommt, kann er sich das erlauben.

„Hallo ihr beiden", sagt Regine, „gerade haben wir von euch gesprochen. Wir hatten schon Angst, ihr hättet vielleicht einen Unfall gehabt." Das stimmt nicht, niemand von uns hatte von einem Unfall gesprochen, und wenn überhaupt jemand nach dem Verbleib der beiden gefragt hatte, war ihre Verspätung als Unhöflichkeit ausgelegt worden. Annabelle rollt mit den Augen. Ich weiß das, auch wenn ich sie gar nicht ansehe. Regine zeigt ihre Irritation völlig ungeniert, nachdem Sabine die Frage nach dem Unfall verneint. „Gott sei Dank, aber wenn ihr keinen Unfall gehabt habt, hättet Ihr dann nicht von unterwegs anrufen können? Hast du kein Handy dabei?"

Die Frage hat sie an Sabine gerichtet, aber es ist ihr Freund, der antwortet und der es ganz offensichtlich genießt, das Antworten zu übernehmen. „Doch, ich habe in meinem Mercedes eine Freisprechanlage, aber ich wusste Ihre Nummer nicht, und Sabine hat ihr Handy vergessen. Tut mir leid, dass wir uns verspätet haben. Dafür habe ich den Damen etwas mitgebracht." Aus einer Leinentasche zieht er vier kleine, mit einer dekorativen Geschenkschleife versehene Schachteln heraus und reicht jeder der Damen eine Schachtel. „Die habe ich in Leuven gekauft", verkündet er schmunzelnd, während er den Arm um Sabines Hüfte legt und dann hinzufügt: „Das sind echt belgische Pralinen. Ich habe mir versichern lassen, dass sie direkt in Leuven hergestellt werden."

So wie dieser Pralinenheini das dahersäuselt, wird er jetzt jede unserer Damen auf beide Wangen küssen. Ich hätte eigentlich Lust, etwas auf seine Fähigkeit, echt belgische Pralinen von falschen Belgischen unterscheiden zu können, zu antworten, aber Hermann kommt mir zuvor. „Leuven? Was bringt Sie nach Leuven?"

Anstatt diese Frage zu beantworten, stellt unser Ehrengast die Gegenfrage. „Können wir uns nicht duzen? Ihr seid doch alle Sabines Freunde, und ihre Freunde sind auch meine Freunde." Schon klar, er will bei uns gut Wetter machen. Er stellt uns vor die Wahl, wir können sein großzügiges Freundschaftsangebot annehmen, oder wir können es ablehnen und als unhöflich, sozial verklemmt oder sonstwie schlecht dastehen. Ich will aber von ihm nicht geduzt werden, jedenfalls nicht bevor ich ihn richtig kennengelernt habe. Wer will schon jemand duzen, den man noch nie gesehen hat und der zu einem schon lange geplanten Abendessen über eine Stunde verspätet erscheint und keine Erklärung dafür anbietet? Nur weil er Sabines Freund ist? Ich schaue mich um. Die Blicke von Annabelle und Sabine scheinen zu sagen, wir sind eine schon lange eingespielte Truppe, in der jeder jeden kennt, da kann man ruhig auch ein neues Mitglied sofort duzen. Annabelle fragt in die Runde: „Wie lange kennen wir uns denn eigentlich schon? Zwanzig Jahre dürften es schon sein, oder?"

Sabine lacht und sagt: „Für mich fühlt es sich an wie fünfzig Jahre." Womit sie meint, wir sind wie Bruder und Schwester. „Ich habe euch Detlef mitgebracht", sagt sie, als wäre er ein Geschenk für uns, und dann stellt sie uns ihrem Freund mit unseren Vornamen der Reihe nach vor, so wie wir am Tisch sitzen, und zu jedem von uns fügt sie den entsprechenden Wohnort hinzu. Gundula und Hermann nennt sie die neuen Partner von Sigmund und Regine. Der Begriff neuer Partner soll wohl heißen, dass die Neuen noch nicht ganz in unseren Haufen integriert sind, aber dass es gut für sie aussieht, sich demnächst zugehörig fühlen zu dürfen. „Wenn ihr wollt, könnt ihr gerne Detti zu ihm sagen", sagt sie am Ende der Vorstellungsrunde.

Hermann scheint das wohl witzig zu finden. Er fragt: „Daddy?"

„Nein, Detti." Detlef strahlt wie ein Atommeiler, als er sagt: „Detti ist mir viel lieber als Detlef. Mein Bienchen ...," dabei fasst er Sabine mit einem Arm um die Hüfte, drückt sie an sich und fährt dann mit der Hand nach unten, um ihr Hinterteil zu streicheln, „... mein Bienchen sagt Detti zu mir." Mit einem honigsüßen Schmunzeln schaut er ihr tief in die Augen, während er mit voller Hingabe ihren Hintern knetet, als wolle er ihren gesamten Mittelbau neu modellieren. Mir wird's gleich schlecht. Wenn das so weitergeht, wird er gleich zu jodeln anfangen. Ich muss Annabelles Gesicht nicht sehen, um zu wissen, was in ihrem Kopf vorgeht. Sie kann es nicht ausstehen, wenn ich sie in aller Öffentlichkeit abschmuse. Was ich schon lange nicht mehr getan habe. Wahrscheinlich hat sie schon vergessen, wann ich das letzte Mal Hand an ihr Hinterteil legte. Regine verschluckt sich an ihren Kürbiskernen und Hermann schnauft wie eine Dampflok. Offenbar bin ich nicht der einzige hier, den es anwidert, dass Detlef seine Pfoten von Sabine nicht lassen kann. Bienchen scheint das gar nicht peinlich zu sein. Sie steht da wie eine lebendige Schaufensterpuppe, die es kaum fassen kann, dass so viele Passanten stehen bleiben, um dieses Schauspiel zu bewundern.

Detti knetet genüsslich eine ganze Weile an ihren Weichteilen herum, bis er sich schließlich Hermann zuwendet. „Um deine Frage zu beantworten, Hermann, warum ich in Leuven war. Ich habe einen Klienten, ein ziemlich hohes Tier, der für den Leiter seiner Niederlassung dort eine Wohnung suchte. *Deshalb* bin ich nach Leuven gefahren. Ich habe Sabine mitgenommen, damit sie mal eine wirklich schöne Stadt sehen kann. Ich wollte ihr ein Geschenk machen. Und dir hat's doch gefallen, stimmt's, Bienchen?", fügt er noch schnell hinzu und legt seinen Arm um ihre Schulter. Die Bearbeitung ihres Hinterteils scheint damit vorerst ihr Ende gefunden zu haben. Er zwinkert ihr zu und sagt, an uns alle gerichtet, „Ich weiß, dass sie historische Städte liebt. Wir hatten eine wunderschöne Zeit dort." Zur Bestätigung drückt er sie fest an sich.

Sabine sieht ihn mit dankbaren Augen an, doch ich habe den Eindruck, dass dieses affige Geschmuse von Detlef ihr jetzt doch ein wenig zu viel geworden ist, vielleicht weil Gundula sie mit einem Blick anstarrt, der ihre Missbilligung dieses Schauspiels klar zum Ausdruck bringt. Als die beiden sich nun endlich an den Tisch setzen, rückt Sabine sofort ihren Stuhl ein paar Zentimeter von ihm weg.

Auch ich fühle mich nicht ganz wohl in meiner Haut. Ich war der, der Regine vorgeschlagen hatte, wir könnten uns doch alle zum Abendessen treffen. Ich habe ihr nicht gesagt, warum ich auf diesen Gedanken kam. Ich sagte nur, es wäre doch nett, wenn wir mal wieder einen schönen Abend verbringen könnten. Wir haben uns schon so lange nicht mehr gesehen. In Wahrheit hatten wir uns erst vor vier Wochen gesehen, bei einem Konzert in der Schwabenphilharmonie. Detlef und Gundula habe ich noch nie getroffen. Dass es Detlef überhaupt gibt, habe ich von Annabelle gehört. Sabine, oder wie sie jetzt heißt, Bienchen, hatte Annabelle von ihm erzählt. Er sei endlich der Richtige für sie. Wenn jemand sagt, das ist der Richtige, werde ich hellhörig. Also wollte ich ihn treffen. Ich wollte sehen, was er hat, das Rainer nicht hat.

Aber noch viel mehr interessiert mich, wie Regine auf Gundula reagiert, wenn sie sich zum ersten Mal sehen. Ich hatte ein denkwürdiges Ereignis erwartet, und so wie es aussieht, wird es das auch werden. Für meine Begriffe ist Regine nicht ganz normal. Sie ist impulsiv, und für die Lahmen unter uns ist sie manchmal unerträglich hart in der Art und Weise, wie sie ihre Meinung äußert. Sie nimmt kein Blatt vor den Mund, wenn ihr etwas nicht passt. Wenn sie bei uns im Wohnzimmer auf der Couch sitzt, kann es passieren, dass sie aus heiterem Himmel eine kritische Bemerkung über unsere Einrichtung fallen lässt. Wir hätten zu viele Vorhänge im Haus, sagt sie zum Beispiel. Vorhänge würden dunkel machen. Dann stellt sie sich vor ein Fenster und reißt den Vorhang auf, mit dem Argument, sie wolle sehen, ob es in unserem Garten schön blüht. Unser Garten bräuchte mehr Blumen und weniger Rasen, sagt sie, und die Hecke sollte nicht so stromlinienförmig geschnitten sein. Ich weiß, sie hält uns für steif. Mit steif meint sie spießig, aber sie sagt nicht spießig oder steif, sondern nimmt Worte aus ihrem Künstlermetier, Begriffe wie aseptisch und nicht en vogue. Das soll wohl vornehmer klingen, bringt Annabelle aber genauso aus der Fassung, wie wenn sie kleinbürgerlich spießig sagen würde. Unsere schöne Schrankwand im Wohnzimmer erinnere sie an ein bourgeoises Korsett, sagte sie einmal und faselte dabei irgendetwas von Schnitzler und Freud. Man muss wirklich höllisch aufpassen, dass man bei ihr nicht unter die Räder kommt.

Siggis Nachfolger, dieser Hermann, ist sogar noch eine Prise scharfzüngiger als sie. Wenn er bei uns am Tisch sitzt, macht er es auf die freundlich lustige Tour, aber hintenherum hagelt es Kritik. Das weiß ich auch von meiner Schwester. Er nannte unsere Einrichtung im Haus kleinbürgerliches Zubehör sozialer Selbstinszenierung. Astrid hat sich diese Formulierung extra aufgeschrieben, damit sie es später für mich zitieren kann. Vielleicht ist das die normale Ausdrucksweise in seinem Metier, aber muss ein Wohnzimmer wie ein postmoderner Kubus, oder wie die das nennen, aussehen, um sich wohlfühlen zu können? Und wenn ein ordentlich eingerichtetes Haus mit Schrankwand und Store-Vorhängen spießig sein soll, wie soll ich es dann nennen, wenn Regine ihren Wohnbereich mit Secondhand Möbeln, Oma Erbstücken und Ikea Billigzeug vollstopft und behauptet, das sei eine kreative Kunstform der Innengestaltung?

Dabei ist alles so furchtbar unaufgeräumt bei ihr. Sogar ihre Balkonterrasse sieht wie ein Urwald aus. Tomaten statt Tulpen, und Zwiebel statt Chrysanthemen. Hätte sie einen Schrebergarten, würde sie einen Kartoffelacker daraus machen, und zwischen Sonnenblumen würde sie Gurken züchten. Wie Hermann damit klarkommt, ist mir ein Rätsel. Als Architekt mit Ikea Möbeln leben? Man könnte wirklich meinen, den beiden fehlt es an Geld. Vielleicht hat er Kinder aus einer vergangenen Ehe und sein ganzes Vermögen geht für Unterhaltszahlungen drauf.

Ich kann mit Regines direkter Art gerade noch klarkommen, aber Annabelle hat Probleme mit ihr, die so riesig sind, dass sie sie nicht einmal aussprechen kann. Und wir haben Freunde, die Regine gar nicht mögen, weil sie ihnen schon einmal übers Maul gefahren ist, als sie bei uns am Tisch saßen. Wäre sie ein Kind, das sich so unflätig benimmt, hätte ich sie ins Bett geschickt, ohne Abendessen. Sie hat sich vor unseren Freunden aufgespielt wie die First Lady von Amerika. Unsere Nachbarn links von uns hat sie auch schon in die Knie gezwungen. Die nehmen von uns keine Einladungen zum Abendessen mehr an, wenn sie wissen, dass Regine anwesend sein wird. Ich habe Kollegen, die würden in ihre Zimmer flüchten, wenn sie sie um die Ecke kommen sehen. Die wollen ihre Ruhe.

Wie ich. Der Heilpraktiker, bei dem ich vor ein paar Wochen war, meint, ich würde unter Stress leiden, er könne das schon an meiner Gangart erkennen. Ich würde leicht zur Seite geneigt gehen, meint er. Er hat mir zu einer Behandlung mit Ohrenkerzen geraten. Er sagt, die Anwendung von Ohrenkerzen habe eine entspannende Wirkung auf die Atmung und das Herz, und eine Langzeitbehandlung könne auch zu einer kompletten Entspannung des ganzen Körpers führen. Das wär vielleicht was für Regine. Hermann könnte ihr die Kerzen ins Ohr stopfen.

Er scheint mit ihr ja ganz gut klarzukommen. Ich stelle mir vor, sie macht mit ihm Sachen, die er mit seinen Frauen vor ihr noch nie erlebt hat. Sie legt ihn jeden Tag aufs Kreuz, krabbelt die halbe Nacht auf ihm herum und schreit ihm dabei die Ohren voll. Da lob ich mir doch Annabelle. Nur Samstagabends will sie's kriegen, und immer zur exakt gleichen Zeit. Die Routine tut uns beiden gut. Sie vergisst nicht, was zu tun ist, und ich muss keinen Stress haben, weil ich mir nichts Neues einfallen lassen muss. Bis neun Uhr dreißig muss Schluss sein, damit sie auf ihre neuneinhalb Stunden Schlaf kommt. Und wenn sie unter mir liegt, ist sie still wie ein Mäuschen. Da kommt kein Hauch aus ihrem Mund, nicht das leiseste Stöhnen, und ich muss auch keine schmerzhaften Verrenkungen machen, damit sie zufrieden ist.

Was ich mir bei Regine nun gar nicht vorstellen kann, schon allein deshalb nicht, weil sie mit ihren Händen laufend was Neues anstellen muss. Hermann nennt das, was sie macht, poststrukturelle Ordnung, was immer das bedeuten mag. Für Sigmund muss Regine der reinste Horror gewesen sein. Er braucht Beständigkeit, er hasst

Veränderungen. Vielleicht ist er deshalb so in sich gekehrt. Immer abwesend, auch wenn er da ist. Bei seiner Neuen ist er auch nicht anders. Sie redet wie ein Sturzbach, und er sitzt da und träumt vor sich hin.

Was heißt das überhaupt, eine Neue haben? Das alte Theater, nur mit einem anderen Bühnenbild und das Stück anders inszeniert? Mein guter Freund und Nachbar Manfred Körner glaubt an das Gute im Wandel. Ich sehe das anders. Vielleicht hat Sigmunds Neue andere Marotten als seine Alte, aber es sind eben doch Marotten, mit denen man sich herumstreiten muss. Oft hört man Fragen wie, ist deine Neue besser? Womit man gewöhnlich meint, ist sie besser im Bett? Aber dann müsste man wissen, was gut im Bett bedeutet. Originell, entspannt, rabiat, schräg, unterwürfig oder dominierend? Annabelle kann ich das nicht fragen. Die würde durchdrehen, wenn ich von solchen Feinheiten rede. Ich würde zu gern wissen, ob es da gravierende Unterschiede gibt zwischen Regine und Gundula, aber wenn ich Sigmund das frage, verdrückt er sich aufs Klo.

Vielleicht sollte ich es mal mit Detlefs Strategie versuchen. Wenn der etwas herausbekommen will, tut er so, als verstünde er bereits viel von der Materie, in der er eine Frage hat. So wie er es gerade mit Hermann anstellte, als er ihn fragte, was er von Beruf macht. Hermann war mit seiner Antwort kurz angebunden. „Ich bin Architekt", erwiderte er, etwa so wie Sigmund sagen würde, „Ich bin im Labor." Detlef bohrte weiter. „Welche Sorte Architektur machst du denn?"

An Hermanns Gesichtsausdruck konnte man sehen, was er von Leuten hält, die solche Fragen stellen. Man *macht* keine Architektur, und in der Architektur gibt es keine *Sorten*, sagte sein Blick. Dementsprechend ruppig war seine Antwort. „Wie meinst du das, welche Sorte? Architekten gestalten Bauwerke, wir machen keine Sorten, wir sind nicht wie Bierbrauer."

„Ja, schon klar", erwiderte Detlef. „Mit Sorte meine ich Dinge wie Brücken, Fabrikanlagen oder Fernsehtürme." Dann gab er uns einen kleinen Einblick in seine vielleicht größte Erkenntnis. „Eine Brücke ist kein Flughafen, und ein Wolkenkratzer ist kein Toilettenhäuschen. Die Kompetenzen, die man in diesen Bereichen braucht, kann man nicht vergleichen."

Ich hörte mir das an und dachte, was muss der für ein Spatzenhirn haben, den Sabine aufgegabelt hat und den „Richtigen" nennt. So wie er daherredet, ist er auch nicht viel gescheiter als meine Nichte, die schon mit ihren sechs Jahren weiß, dass man beim Polo auf einem Pferd, und nicht in einem Boot sitzt.

„Ich entwerfe Einfamilienhäuser", sagte Hermann.

„Und welcher Stil? Ich meine, welche Stil*richtung* verfolgst du in deinen Arbeiten? Ich habe mal einen Vortrag in einer Fotoausstellung gehört. Da ging es um den Unterschied zwischen Stil und Stilrichtung. Hast du eine bestimmte Stilrichtung, die dir am meisten liegt?"

Man konnte Hermann ansehen, dass er keine Lust hatte, seinen Beruf in allen Details einem Laien zu erklären, der so tut, als hätte er die nötigen Fachkenntnisse, um eine für Hermann gewinnbringende Diskussion über Baustile zu führen. „Mein Ansatz bewegt sich im Dekonstruktivismus", erwiderte er kurz und bündig.

Detlef konnte mit diesem Begriff genauso wenig anfangen, wie die meisten von uns am Tisch. Die Konversation über Architektur war damit zu Ende, dachte ich zumindest, bis Regine eingriff und, forsch wie sie ist, die Unterhaltung auf ein anderes Thema lenkte, künstliche Intelligenz, wobei sie wunderbar geschickt den Bogen spannte von Detlefs Intelligenz zur künstlichen Intelligenz. Wir reden jetzt schon eine ganze Weile über die Frage, ob Computer demnächst ein Bewusstsein entwickeln könnten, und ob wir das überhaupt wollen. Ich finde, das ist ein spannendes Thema. Man muss klar unterscheiden können zwischen Information und Daten, was ein Computer nicht schafft, weil der Apparat nicht denken kann, sondern nur Daten in vorprogrammierte Muster einordnet. Ich frage Detlef, woher er denn die Gewissheit nimmt, dass sein Gehirn sich gerade, während er dieser Unterhaltung zuhört, nicht in einem Gefäß mit einer Nährlösung befindet.

Das ist eine Frage, die ich bei irgendeinem Philosophen mal gelesen habe. Ich frage das Detlef nur zum Spaß, doch Hermann nimmt es zum Anlass, auf Detlefs Frage nach seiner beruflichen Tätigkeit zurückzukommen. Dekonstruktivismus sei ein schwieriger Begriff, sagt er, und ein Beispiel dafür, dass ein Computer nie einen Architekten ersetzen kann, weil die Maschine kein Bewusstsein hat. Falls es jemand interessiere, würde er ganz gern erklären, wenigstens in groben Zügen, um was es beim dekonstruktivistischen Ansatz gehe. Ohne auf Detlefs Antwort zu warten, oder auf Regine zu achten, die seine Hand bremsend umklammert, legt er los. „Dekonstruktivismus ist ein Ansatz, der in verschiedenen Wissenschaftsgebieten angewandt wird. In der Architektur versteht er sich als Kritik am binären und hierarchisch geordneten Denken. Dekonstruktivisten stellen den Sinn einer umfassenden Rationalität in Frage und versuchen, vermeintlich abgeschlossene Systeme aufzubrechen und Vielfalt anzuerkennen. Es geht darum, Raumnutzungsstrukturen zu verändern, sodass vielfältige und sehr unterschiedliche Bedürfnisse befriedigt werden können."

Detlef macht ein paar Mal den Mund auf und wieder zu, aber es kommt nichts heraus. Offenbar kann er mit dieser Erklärung genauso wenig anfangen wie ich. Auch die anderen am Tisch sind still. Sigmund rührt geistesabwesend in seiner Suppe, Sabine wirft Detlef tiefsinnige Blicke zu und Gundula sitzt in anmutig wacher Haltung da und spitzt die Ohren, wer wohl als nächstes was sagen würde, bis Annabelle sich meldet und sagt: „Ja, und wie darf man sich das denn nun vorstellen? Ich meine, was heißt das konkret?" Regine grinst, sie scheint Annabelles Frage lustig zu finden. Oder vielleicht sind es Hermanns wissenschaftlich abgehobene Ausführungen, was sie amüsiert. Vielleicht gefällt es ihr, dass ihr Hermann uns alle mit wenigen Sätzen zum Schweigen bringen kann.

Er antwortet auf Annabelles Frage genauso bildhaft wie mein Zahnarzt neulich, als er mir seine Diagnose mit dem Gleichnis einer verrosteten Schraube und einer Beißzange erklärte. Er verteilt seine Gabel, sein Messer und Regines Löffel kreuz und quer auf seinem Teller, faltet seine Serviette mehrmals in allen Richtungen und wirft sie dann locker über das Besteck. Dann kommt er zu seiner Erklärung: „Stellen wir uns ein Gebäude ohne die gewohnten Kategorien wie Regelmäßigkeit und Symmetrie vor. Es gibt keine feste Ordnung von oben und unten, und es gibt keine scharfen neunzig Grad Winkel. Es gibt nur Teile des Gebäudes, die autonom und in keiner vorgegebenen Beziehung zu einander stehen. Ein Dach zum Beispiel hat die Funktion eines Dachs, aber es könnte auch eine Wand sein. Und ein Fenster könnte auch ein Eingang sein. Das Gebäude kommt dem Betrachter vor wie ein zerklüftetes Formenkonglomerat. Man könnte glauben, es stürzt jeden Augenblick in sich zusammen. *Das* nennt man Dekonstruktivismus." Er blickt in die Runde, als hätte er seinen Vortrag mit „Und das, meine Damen und Herren, war nur eine grobe Zusammenfassung eines sehr komplexen Sachverhalts" beendet.

Betretenes Schweigen am Tisch. „Hast du mir nicht neulich gesagt, du hättest so ein Gebäude gesehen?", frage ich Annabelle. „Wo war das?"

Sie starrt auf ihren Teller, als ob die Antwort irgendwo unter ihrem Reis liegen könnte. „Ja, aber ich weiß nicht mehr wo."

„Aber das war doch erst vor ein paar Tagen. In Stuttgart, hast du gesagt."

„Ja, aber ich hab's vergessen. Vielleicht war's auch gar nicht in Stuttgart."

„Aber du musst doch wissen, wo das war."

„Nein, das muss ich nicht."

„Wieso nicht? Du fährst doch ziemlich oft nach Stuttgart."

„So oft auch wieder nicht."

„Eben deshalb müsstest du dich doch erinnern, wo dieses Gebäude stand."

„Jetzt hör endlich auf, Roland. Wieso ist das so wichtig? Kümmere dich lieber um deinen Fisch. Sieht gut aus. Hätte ich das auch bestellen sollen?"

Nein, das hätte sie *nicht*. Der Fisch ist gar nicht so schlecht, aber ich glaube, die Senfsoße bekommt mir nicht. Ich versuche, ihr mit ein paar Worten klar zu machen, dass es mir schon seit einer Viertelstunde im Magen herumgeht. Ich hätte den Kellner fragen sollen, was die hier in die Soße tun. Warum ich denn nichts Vegetarisches bestellt hätte, will sie wissen und deutet mit dem Kopf zu Hermann hinüber, der drei Schälchen mit Rohkost und Vollkornreis neben seinem Teller, das ihm als Dekonstruktivismus Modell dient, stehen hat. Regine knabbert genüsslich an einer Selleriestange, die sie zuerst in eine Schale Joghurt, oder was weiß ich, getunkt hat. Ich habe keine Lust, meiner Frau Rechenschaft für meine Bestellung abzulegen, nur damit sich unsere Freunde über meine Geschmacksverirrungen, wie sie es nennt, auslassen können. Was ich alles an Alternativen hätte bestellen können, warum ich sie nicht gefragt hätte und was ich hätte probieren können, was ich noch nie gegessen habe, und dass ein Restaurantbesuch die beste Gelegenheit wäre, meine Menüpalette, die nur bis Spätzle und Maultaschen reiche, endlich zu erweitern. Unsere Freunde würden sich totlachen, wenn ich Annabelle die Gelegenheit geben würde, über meine Essgewohnheiten zu sprechen und dann meine Magenprobleme aufs Tablett zu bringen. Ich will lieber zuhören, wie Detlef mit Hermanns Ausführungen zu seinen Fragen der Architektur umgeht.

„Interessant, wie du diese Stilrichtung beschreibst. Arbeitest du gerade an einem Projekt?", will er wissen.

Regine mischt sich ein. „Ja, er entwirft gerade einen Anbau für das Textilmuseum in Albstadt", sagt sie, und Hermann fügt hinzu: „Ein Künstler aus der Gegend dort bereitet gerade eine Ausstellung für die Eröffnung vor. Es gibt sogar schon einen Titel. Die Masche als Striptease, soll die Ausstellung heißen."

Ich weiß nicht, ob er das als Witz meint. Vielleicht will er das Gesprächsthema wechseln oder er will Detlef die Primitivität seiner Fragerei vorführen. Doch Detlef lässt sich nicht ablenken. Es ist geradezu rührend, wie er sich weiter abrackert, seine Fragen und Kommentare so zu formulieren, dass man tatsächlich glauben könnte, er verstünde etwas von der Materie. Er interessiere sich sehr für Architektur, lässt er uns alle wissen. Auf seinen vielen Reisen in ausländische Städte habe er sich immer die Fassaden von alten Wohngebäuden angesehen und dabei festgestellt, wie unterschiedlich die Stilrichtungen doch sein können, wenn man genau hinsieht. Was er natürlich tut. Dabei habe er auch immer wieder aufs Neue erlebt, welch zentralen Stellenwert die Architektur in der Kultur eines Landes innehat. Das Besondere an den Gebäudefassaden sei ihm gerade wieder in Leuven aufgefallen, eine Stadt, die ihn genauso fasziniere wie Paris. Er sei nicht wie der gewöhnliche Tourist, der nur nach Paris geht, um den Eiffelturm hochzufahren und vielleicht noch um die Glaspyramide des Louvre herumzulaufen. Er sei mit Sabine eine halbe Woche durch ganz Paris gestreift, besonders durch die vielen kleinen Nebengassen, in denen sich das eigentliche Leben der Pariser abspiele. Dabei habe er Dinge entdeckt, die in keinem Reiseführer stünden. Es seien die glücklichsten Tage seines Lebens gewesen, sagt er und gibt seinem Bienchen einen schnellen Kuss auf den Mund. Ob Hermann schon als Kind bestimmte Vorstellungen von Architektur gehabt habe, will er wissen, so wie er sich selbst schon als Fünfjähriger ganz sicher war, dass er einmal nur Mercedes fahren würde.

Es ist zum Erbrechen. Detlef versucht krampfhaft, ein paar Fachbegriffe aus der Architektur anzubringen, doch die traurige Tatsache, dass er nichts auf dem Kasten hat, kann er nicht verstecken, jedenfalls nicht vor mir. Ob man die Zeltdächer auf dem Münchner Olympiagelände als modern oder postmodern bezeichnen solle, fragt er Hermann. Er plädiere für postmodern, auch wenn die

Trennlinie zwischen modern und postmodern alles andere als klar sei, ähnlich wie im Immobiliengeschäft, wo die Leute auch oft Schwierigkeiten hätten, zwischen einer Wohnung mit schlechter und einer mit guter Aussicht zu unterscheiden, jedenfalls so lange, bis sie einmal drin wohnen. Und ob die Münchner Architekten sich möglicherweise von der Gotik hatten inspirieren lassen. Die Aufbauten auf den Olympiastadien würden ihn an die gotischen Dachgewölbe erinnern, die er in der Notre-Dame gesehen habe. Dieser prächtige Sakralbau sei die Geburtsstätte der gotischen Architektur. Ob wir das wüssten, fragt er uns.

Regine vergräbt ihr Gesicht in ihrem Teller, Annabelle kramt aufgeregt in ihrer Handtasche, Sigmund versucht vergeblich, seinen Löffel aus der Suppe herauszufischen, ohne sich die Finger schmutzig zu machen, und Sabine zieht eine beifällige Grimasse. Sie legt ihre Hand sanft auf Detlefs Unterarm, und ich habe den Eindruck, sie ist mächtig stolz, Detti ihren Freund nennen zu können.

Katholische Unsitten

Kann sie nicht wenigstens *ein*mal die Klappe halten! Gott, sie nervt. Dieses christliche Schöngetue, nicht auszuhalten. Dabei will sie nur gut dastehen. Wie sie von ihrer Dankbarkeit spricht, in einer so netten Nachbarschaft wohnen zu dürfen, mitten in der Stadt und wo die Leute immer füreinander da sind. Als wir sie vorhin abholten, stand sie mit einem kleinen Blumenstrauß vor ihrem Haus. Sie war ja so furchtbar dankbar, dass wir uns die Zeit nehmen und für sie den Umweg machen, sie zum Abendessen mit unseren Freunden mitzunehmen.

Sie klingt wie die barmherzige Mutter Gottes, wenn sie jedem erzählt, was für eine fürsorgliche ältere Schwester sie doch war, dass sie mich als Fünfjährige immer ins Schwimmbad mitnahm, wo sie sich doch eigentlich ihrem Freund hatte hingeben wollen. Und dann ist da auch noch ihre Art des Sprechens, was mich auf die Palme bringt, diese gekünstelt weiche Stimme eines Pfarrers. Dieses frömmelnde Getue macht mich ganz fertig. Die Unschuld in Person, so war sie schon als kleines Kind. Sie musste nur ein bisschen jammern, sie musste nicht einmal Tränen vergießen, und schon kamen meine Eltern angerannt. Fehlt dir was, Kindchen? Hast du was, brauchst du was?

Was sie braucht, ist ein Forum für ihr Schaut-wie-nett-ich-doch-zu-allen-bin. Die Leute hören wie gebannt zu, wenn sie ihre Kirchensprüche ertönen lässt. Dabei merken sie gar nicht, wie sie von ihr um den Finger gewickelt werden. Sie bringt es fertig, sogar die privatesten Angelegenheiten aus den Leuten herauszukitzeln. Das macht sie, indem sie eine Feststellung äußert, die so abenteuerlich falsch ist, dass der andere sich gezwungen sieht, ihre Aussage mit einer Erklärung zu korrigieren, die die Wahrheit über ihn preisgibt. Ich wette, wenn ich den anderen hier sagen würde, wie hinterlistig und manipulativ meine Schwester vorgeht, um ihre Neugierde zu befriedigen, würden sie mir das gar nicht abnehmen. Sie würden mich sogar noch beschuldigen, ich würde Sieglinde schlecht machen. Wo sie doch so nett ist und immer die passenden Worte findet. Sie können nicht verstehen, warum ich so aggressiv zu ihr bin, würden sie sagen. Ich, die Böse, und sie das liebe kleine Herzchen, nur weil, wenn sie sagt, lobet den Herrn, ich ihr ins Gesicht sage, *du* bist es doch, die gelobt werden will.

Sie fragt mich, ob sie Sabine mit ihrem neuen Freund zu sich einladen soll. Ich sage, nein, untersteh dich. Ich sage das so scharf wie nur möglich, weil ich genau weiß, dass sie Sabine über Hermann ausfragen würde. Sie will wissen, wie alt er ist, damit sie allen ihren Bekannten sagen kann, dass mit ihm etwas nicht stimmen kann, denn eine Frau über fünfzig kriegt keinen normalen Mann mehr, und einen, der jünger ist als sie, schon gar nicht. Sie hat mich schon x-mal nach seinem Alter gefragt, aber den Gefallen werde ich ihr nicht tun, das kann sie sich abschminken. Und in unsere neue Wohnung wird sie auch nicht reinkommen. Sie will nur herumschnüffeln, um endlich Klarheit zu haben, wie es bei uns aussieht.

Die Art, wie sie immer wieder einen neuen Vorwand inszeniert, um bei uns reinzukommen, diese Scheinheiligkeit, das widert mich an. Wenn man bei ihr zu Hause auf der Kloschüssel sitzt, wird man mit Psalmensprüchen an der Wand konfrontiert. „Deine Güte und Liebe begleiten mich Tag für Tag, in deinem Haus darf ich bleiben mein Leben lang." Einmal im Monat ruft sie mich an und sagt, ich habe schon lange nichts mehr von dir gehört. Ich habe gerade frische Brezeln gekauft. Soll ich dir welche vorbeibringen? Als ihre jüngere Schwester bin ich immer in ihren Gedanken, soll das heißen. Sie hofft, dass ich auf ihre Masche reinfalle, weil sie weiß, wie sehr ich Brezeln mag, die gerade frisch aus dem Ofen kommen.

Im Grunde bin ich ihr egal. Wenn sie sich bei mir meldet, dann geht es nicht um frische Brezeln, sondern weil ich etwas für sie tun soll, sie in meinem Auto zu einer Beerdigung fahren, zum Beispiel, oder für sie irgendwelche Behördenformulare ausfüllen. Ich lasse sie bei solchen Dingen abblitzen, soweit es geht, das heißt, solange ich mich nicht schuldig fühle. Aber ich fühle mich schuldig. Ist das normal? Ich drehe hohl, wenn sie mir jedes Weihnachten einen Kalender mit Bibelversen schenkt. Dabei habe ich ihr schon hundertmal gesagt, dass sie das bleiben lassen soll. Oder wenn sie auf einer Fahrradtour durch die Stadt *zufällig* durch meine Nachbarschaft kommt und mir eine Flasche Olivenöl vor die Tür stellt, mit einer Geschenkschlaufe um den Flaschenhals gebunden und eine Grußkarte mit einem Bibelspruch drangehängt. Du lädst mich ein und deckst mir den Tisch vor den Augen meiner Feinde. Ich könnte ja vielleicht zu Hause sein, denkt sie, und dann würde ich mich schlecht fühlen, wenn ich sie nicht in die Wohnung bitten würde. Aber da hat sie sich mächtig getäuscht. Olivenöl, Fußbalsam oder Kräutertee, alles billige Überschussware aus dem Supermarkt, was sie mir vor die Tür stellt.

Diese Schenkerei an meiner Eingangstür ist ein Spielchen, das sie angefangen hat, als Sigmund und ich uns trennten. Seitdem ist er der große Held, und ich bin die, die ihn sitzen ließ, in diesem schönen großen Haus mit dem prächtigen Garten, in dem sie früher mit ihrem Mann aus und einging, als seien sie der bessere Teil der Familie. Meine Schwester hat nicht den Mut, mir offen zu sagen, dass sie neugierig auf meine neue Wohnung ist, dass sie sehen will, ob sie größer und teurer ausgestattet ist als mein altes Haus, weil Hermann und ich jetzt zusammen wohnen und er einiges Geld mit reingesteckt hat. Sie will herausfinden, wieviel Geld er hat, ob es stimmt, dass Architekten superreich und weltberühmt sind, und ob er überhaupt ein *richtiger* Architekt ist, oder nur so ein kleiner Häuschenbauer, der als einer von fünfzig Angestellten in einem Großraumbüro acht Stunden am Tag mit Bleistift und Radiergummi am Zeichenbrett steht und Lineale und Winkel hin und her schiebt. Als ich ihr sagte, dass Hermann seinen Doktorgrad in New

York an der Columbia School of Architecture erworben hat, hörte ich von ihrer Nachbarin, dass meine Schwester der Meinung sei, dass das nicht viel bedeuten könne. Weil Sieglinde selbst kein Englisch versteht und noch nie im Ausland war, außer im Vatikan und in Bethlehem, holt sie sich ihre Kenntnis akademischer Einrichtungen in Amerika aus dem Wochenblatt und von ihrer Tochter. Johanna hat zwar Englisch gelernt und sagt, sie kenne Amerika, weil sie die Niagara Fälle gesehen hat, aber in ihrem Hirn klaffen gewaltige Lücken. Insofern eifert sie ganz ihrem Vater nach. Sie glaubt, eine School of Architecture sei eine Schule, eine Art Berufsschule, und kein universitärer Fachbereich. Und dass die Columbia Universität zur Gruppe der amerikanischen Eliteuniversitäten gehört, die man Ivy League nennt, hat sie so verstanden, dass an dieser Universität Gartenbau gelehrt wird und dass deshalb an den Unigebäuden überall Efeu wuchert.

Aber das habe ich alles nur von Sieglindes Nachbarin gehört, denn Johanna würde mir ihre Erkenntnisse nie direkt mitteilen. Sie redet sowieso nicht mit mir, genauso wenig wie ihre drei Brüder, die ihre Abneigung gegen mich von ihrem heiligen Vater geerbt haben, eine Feindseligkeit, die so abgrundtief und schon so lange eingeschworen ist, dass sie nicht einmal die Gründe für ihre negative Haltung kennen. Schon als Kinder hat Johannes sie gegen mich aufgehetzt, aber nicht indem er zu ihnen sagte, lass die Finger von der bösen Tante, sondern indem er pfarrermäßig subtil vorging. Mal sehen, was für komische Bücher sie euch diesmal schenken wird, wenn sie uns morgen besuchen kommt.

Nein, ich bin nicht frech zu meiner Schwester, und aggressiv bin ich auch nicht. Ich will nur, dass sie sich schwesterlich beistehend verhält. Sie kann mir ruhig mal offen ihre Meinung sagen, so wie ich ihr schonungslos die Wahrheit sage, wenn ich ihr, wenn sie mal wieder meine Nerven blank geschliffen hat, ins Gesicht schreie, dass sie eine blöde Gans ist, dumm wie die Nacht und bigottisch und falsch.

Vorhin hat sie Hermann doch glatt nach seiner Ex gefragt. Das muss man sich mal vorstellen. Sie stellt ihm diese höchst persönliche Frage in aller Öffentlichkeit, als sei ihre Neugier das Allernatürlichste auf dieser Welt, weil sie als Pfarrersfrau das gottgegebene Recht hat, den Menschen nahe zu treten. Sie fragt ihn, „Was war deine Frau von Beruf?", und drei Sätze später sagt sie, „Gott ist gnädig, vielleicht geht's mit Regine besser." Weil er auf ihr Geschwätz nicht eingeht, stellt sie eine Feststellung in den Raum, die er nicht unbeantwortet lassen kann: „Regine hat mir gesagt, deine Frau sei eine Gefangene ihrer Wahrnehmungen. Warum war sie denn im Gefängnis?" Und dann rutscht es aus ihm heraus: „Sie war nicht im Gefängnis, sie war in einem Sanatorium." Und so hat sie es herausbekommen, eine Sache, die sie brennend interessiert. Was sie nämlich wissen will, ist, was ist das für ein Mann, der sich mit jemandem wie mir einlässt? Entweder mache ich ihm schöne Augen, weil er in Geld schwimmt, oder er konnte keine andere finden, weil mit ihm etwas nicht stimmt. Vielleicht ist das der Grund, warum seine Frau in einem Sanatorium gelandet ist, denkt sie jetzt. Jetzt wird sie in ihrer Nachbarschaft herumerzählen, dass ich mir einen Mann geangelt habe, der seine Frau in eine Heilklinik hat einweisen lassen, die sie Nervenklinik nennen wird, weil der Hinweis auf kaputte Nerven sich viel dramatischer anhört. Und mich wird dann das gleiche Schicksal ereilen, wenn ich ihm nicht fügig bin. Aber dann habe ich wenigstens eine fürsorgliche Schwester, die mir jeden Tag Früchtetee mit einem netten Bibelspruch in die Klinik bringt.

Johannes hat sich immer ergötzt darüber, dass Sigmund und ich Eheprobleme hatten, weil ich mich nicht wie eine Frau verhielt, die ihrem Mann untertan ist. Das hat er mir sogar öfters ins Gesicht gesagt, so ehrlich war er dann doch. Sieglinde dagegen arbeitet mehr aus dem Hinterhalt heraus. Ich hatte Hermann vor ihr gewarnt, aber er war so versessen darauf, dass ich ihm die Freiheit gebe, sich seine eigene Meinung über meine Schwester bilden zu können. Da dachte ich, okay, das kannst du gerne haben, aber dann musst du auch selber dahinter kommen, was für ein falsches Luder sie ist.

Woher sie diese Falschheit hat? Ich glaube, Johannes spielte eine große Rolle darin. Die Scheinheiligkeit war ihr vielleicht angeboren, aber wie man sie am besten einsetzt, das hat sie über viele Jahre hinweg mit ihm einstudiert. Eigentlich hat sie mit dem Lernen angefangen schon bevor sie mit ihm verheiratet war. Ich weiß noch gut, wie sie mit ihm bei uns zu Hause am Tisch saß und meine Eltern ihn ehrfürchtig bedienten, als sei der heilige Johannes gerade vom Himmel herabgestiegen. Ich habe meine Mutter noch vor mir, wie penibel sie darauf achtete, dass die Brühe, in der seine vier Maultaschen schwammen, die richtige Farbe und Würze hatte. Meine Mutter war nicht gläubig, und sie hatte etwas gegen das Beten, und sobald er aus dem Zimmer war, hat sie sich über ihn ausgelassen, weil er wieder einmal einen seiner beknackten Sprüche vom Stapel gelassen hatte, etwas in der Art wie, „Ich freue mich über dein Wort wie jemand, der einen wertvollen Schatz findet." Das hat sie gewurmt, aber sie hat sich nicht getraut, ihm zu widersprechen. Für meinen Vater war er der erste Akademiker in der Familie, und deshalb müsse man ihm mit der größtmöglichen Höflichkeit begegnen, hat er gesagt. Und weil er damals, als er mit Sieglinde verlobt war, bereits im Vikariat stand und sein Kenntnisstand in religiösen Dingen schon ziemlich weit fortgeschritten war, wusste man nie, ob er nicht doch recht hatte mit seiner Behauptung, es gebe ein Jüngstes Gericht. Das war die Denkweise meines Vaters, der so viel Angst vor dem Unbekannten hatte, dass er zweimal im Jahr zur Beichte ging, obwohl er gar nicht an Gott glaubte.

Gott sei Dank habe ich diese Angst nie gehabt. Ich habe meinem Schwager auch immer widersprochen, wenn er mir eine seiner Weisheiten unterjubeln wollte. Wenn ich Johannes, den Heiligen, bei seinem Tischgebet unterbrach oder seinem Gebet ein paar nicht ganz orthodoxe Worte hinzufügte, so wie sie mir gerade einfielen, hat meine Mutter mich auf mein Zimmer geschickt, anstatt *ihm* den Finger zu zeigen. Dann war ich die ungezogene Göre, und er war der gescheite Akademiker, an den sich meine liebe Schwester, das hilflose Mädchen in der Familie, anlehnen sollte. Meine Eltern erwarteten, dass er bis zu seinem Tod für sie sorgen würde. Schließlich ist er Pfarrer, hieß es, und in dieser Rolle kann er gar nicht anders, als sich um sie zu kümmern. Fünf Kinder wollte er haben, gemäß dem Motto, mehret euch, wenn ihr etwas Gutes für die Welt tun wollt, doch er schaffte nur vier. Nicht dass er sich nicht anstrengte. Er bemühte sich so sehr, dass Sieglinde manchmal mit blauen Flecken zu meiner Mutter kam. Es ist ausgesprochen dumm zu glauben, ein Pfarrer sei belehrbar. Der Mann ist König nicht nur im Bett, habe ich meine Mutter einmal zu Sieglinde sagen hören, als Sieglinde sich bei ihr auskotzte, weil sie glaubte, sie mache etwas falsch. Sie hat ihn geheiratet, *das* hat sie falsch gemacht.

Im Bereich menschlicher Angelegenheiten geschieht nichts mit logischer oder naturgesetzlicher Notwendigkeit. Ich dachte immer, die Dinge könnten anders werden, wenn ich Widerstand leiste. Ich kapierte lange nicht, dass mein Widerstand ihm sogar Vergnügen bereitete und ihn immer wieder zu neuen Höchstleistungen in seinen Attacken gegen mich anspornte. Ich war schon als Zehnjährige aufsässig, wenn Sieglinde ihn zu uns nach Hause brachte. Ich provozierte ihn, wo ich nur konnte. Wenn er beim Tischgebet mit seinem „Komm, Herr Jesus, sei unser Gast anfing", habe ich den Satz mit kleinen

Abänderungen zu Ende gesprochen. „Und zeig uns, was du auf dem Kasten hast."

Die gähnende Leere in seinem Pfarrergeschwätz, mit dem er die Leute um den Finger wickelte, habe ich schon als Kind durchschaut. Sieglinde dagegen hat alle seine Phrasen von ihm wortwörtlich übernommen und mit der Zeit so wunderbar perfektioniert, dass man meinen könnte, *sie* schreibe seine Sonntagsreden. So wie manche Leute Briefmarken sammeln, hat sie schon immer Kalender mit Bibelsprüchen gesammelt und sie überall in ihrem Haus aufgehängt. Und seit sie zum Katholizismus übergetreten ist, ist sie nicht mehr auszuhalten. Warum sie den Glauben gewechselt hat, beziehungsweise noch um ein paar Grade gläubiger geworden ist, weiß ich nicht. Das hat sie mir nie verraten, aber ich schätze, es hat etwas mit ihren Schuldgefühlen zu tun. Johannes hatte ihr eingeredet, dass sie als Ehefrau nicht unterwürfig genug sei. Somit befand sie sich tagtäglich im Stand der Sünde. Sie hätte in ihm aufgehen sollen, eins mit ihm werden. In ihm aufgehen kann viel heißen, bei ihr bedeutet es zum Beispiel auch, dass sie seine Würstchen exakt eine Sekunde, bevor sie aufplatzen, aus dem kochenden Wasser holen muss. Ich habe selbst einmal miterlebt, wie der heilige Herr Pfarrer sie wutentbrannt anschrie, weil eins seiner Wienerwürstchen zur Hälfte aufgeplatzt war und damit das ganze Essen für ihn ungenießbar geworden war. Eine richtige Sauerei hat er veranstaltet. So heftig hat er gewütet, dass sie heulend aus dem Zimmer rannte.

Die Frau sei ihrem Manne untertan, hat er immer gesagt, ihm hörig, unterwürfig, ihn anbetend, gefügig und so leicht zu täuschen. Wahrscheinlich hat er das auf dem Totenbett für sie noch einmal wiederholt. Das Weib sei dem Manne untertan, auch über seinen Tod hinaus. Das Ihm-zu-Füßen-liegen hat sie wohl verinnerlicht, aber weil sie es nicht ganz hinkriegte und schon ein halbes Jahr nach seinem Tod ein paar seiner Schuhe entsorgte, fühlte sie sich schuldig. Und um sich dieser Schuld zu entledigen, ist sie zum Katholizismus übergetreten, denn die kennen sich weiß Gott gut aus mit Fragen von Schuld und Sühne. Aber meine Schwester übertreibt es gewaltig. Seit er gestorben ist, rennt sie jeden Sonntag zweimal in die Kirche, morgens und abends, alle vier Wochen geht sie beichten und neuerdings macht sie auch noch kirchliche Jugendarbeit, wie sie es nennt. Sie sagt, sie vermittelt Kindern im Grundschulalter christliche Werte, indem sie mit ihnen zusammen mit biblischen Geschichten auf Entdeckungsreise geht und durch gemeinsames Flötenspiel Dankbarkeit, Toleranz und Respekt vor dem Mitmenschen einübt. Und genauso redet sie auch. Dieser frömmelnde Singsang, mit dem sie meine Freunde anmacht: „Ich habe mich so gefreut darüber, dass Regine und Hermann mich mitgenommen haben, damit ich auch mal ihre Freunde kennenlerne. Aber dass Sie alle *so* nett sind, das hätte ich nicht gedacht." Das hat sie meinen Freunden jetzt schon zweimal gesagt, und niemand von denen hat einen blassen Schimmer von dem, was in ihrem Schädel tatsächlich abgeht.

Sie hat gerade einen Kinderteller Schupfnudeln vor sich stehen, die sie in klitzekleine Stücke schneidet, damit sie länger etwas zu kauen hat und die anderen einen Eindruck davon bekommen, wie bescheiden und genügsam sie doch ist, was für ein frommes, asketisches Leben sie fristet, während ich mir mit Seitan-Weisskohl-Ragout mit Mandel-Broccoli und Kräuterjoghurt Gutes tue und dann noch eine Biosalatplatte bestelle. „Der Freund von deiner Sabine, der ist ja furchtbar nett, so respektvoll und so lieb zu ihr", flüstert sie mir ins Ohr. Sie hat nur diesen einen kurzen Satz sagen müssen, und schon bin ich im fünften Gang. Das ist ihr großes Talent. Sie braucht nur ihren Mund aufzumachen, und ich werde rasend vor Wut. Ihre kindliche Naivität, gepaart mit ihrer Falschheit, und als Höhepunkt ihre bigottische Frömmelei, ich könnte ihr dafür den Ellbogen in die Seite rammen.

„Kann ich Sabine und ihrem neuen Freund zu mir einladen?", fragt sie mich jetzt schon zum zweiten Mal.

„Nein, ich hab dir doch schon gesagt, dass das keine gute Idee ist."

„Aber die passen so gut zusammen, und er ist so ein netter Mann."

„Eben deshalb. Gerade weil er so nett ist, lass ihn in Ruhe. Er ist ein sehr beschäftigter Mensch, er hat Kunden, um die er sich kümmern muss. Du hast doch gehört, bis nach Belgien muss er fahren. Da hat er keine Zeit, auch noch dich zu besuchen."

„Aber es wäre doch schön, wenn wir alle zusammen einmal …"

„Hör jetzt endlich auf! Du weißt genau, dass das nicht geht. Die beiden wohnen drei Autostunden von dir entfernt." Sie sieht mich mit einem dieser Blicke an, bei denen ich genau weiß, was sie denkt. Für Gott ist keine Entfernung zu groß, würde sie gern sagen, aber sie traut sich nicht, weil sie weiß, dass ich jeden Moment explodiere. „Schluss jetzt!", sage ich und packe sie am Handgelenk. „Iss deine Schupfnudeln und sei ruhig."

Was habe ich bloß davon, dass ich so bissig zu ihr bin, dass mir alles hochkommt, wenn ich ihre weinerliche Stimme am Telefon höre? Als wir vorhin in der Garderobe standen und ich sie an etwas Unschönes, was Johannes mir einmal sagte, erinnerte, fiel ihr nichts anderes ein, als mit einem ihrer Kirchensprüche zu antworten. „Seid miteinander freundlich und herzlich, vergebt einer dem anderen, gleich wie Gott euch vergeben hat." Und dann sagte sie auch noch: „Die Zeit heilt jede Wunde." Ich soll ihrem verstorbenen Mann vergeben und Gras darüber wachsen lassen, sagte sie. Ich hätte ihr am liebsten das Handgelenk umgedreht. So wie ihr Mann mich vierzig Jahre lang gedemütigt und seine gesamte Familie gegen mich aufgehetzt hat, müsste ein ganzer Urwald über die Sahara wachsen, bevor ich seine Schweinereien vergessen könnte. Er hat sich bei mir nie entschuldigt, und von Reue keine Spur. Stattdessen hat er gepredigt, was das Zeug hält. „Sehet zu, dass niemand Böses mit Bösem vergelte, sondern trachtet allezeit darnach, Gutes zu tun." Und Sieglinde eifert ihm jetzt nach, als wolle sie sein Werk vollenden. Sie stellt mir ein Honigglas vor die Tür, nach dem Motto, Schwamm drüber, und dann soll ich sie in meinem Herzen aufnehmen und ihr meine Wohnung zeigen. Und wenn ich schon dabei bin, ihr mein Herz zu öffnen, könnte ich doch so lieb sein und sie nächste Woche zu ihren Kaffeekränzchendamen fahren. Sie hat ja wohl nicht alle! Der Herr sei mit mir, wenn ich so blöd wäre, sie zu ihren Tratschweibern zu chauffieren, damit sie denen berichten kann, was sie heute Neues erfahren hat, was sie dann doch wieder alles so verdreht, dass es in ihren Kram passt.

Der bessere Mann

So wie sie ihr Gesicht im Spiegel studiert, den Kopf von einer Seite zur anderen dreht, um nach Altersfalten auf den Wangen zu fahnden, und das Kinn vorstreckt wie ein Perlhuhn, um zu prüfen, ob die Falten am Hals sich seit heute früh verschlimmert haben, kann ich mir vorstellen, dass sie nur zu gern wissen möchte, wie alt ich bin. Ihre Hände sehen ziemlich jung aus. Das ist mir schon vorhin am Tisch aufgefallen. Den Händen nach zu urteilen ist sie Mitte vierzig, aber ihr Gesicht bietet ein trostloses Bild. So wie sie es mit dicker Schminke zupflastert, könnte ein Lastwagen drüberfahren und nichts würde kaputtgehen. Wie man bloß so herumlaufen kann! Als ich zwanzig war, hatte ich einen Freund, der sich über Frauen lustig machte, die viel Schminke trugen. Er sagte, man sollte sich eine Frau ansehen, wenn sie aus der Dusche kommt, bevor man mit ihr ins Bett steigt. Nur wenn alles ab ist, weiß man, was auf einen zukommt, wenn man am nächsten Morgen neben ihr aufwacht. Den Kerl habe ich schon längst vergessen, aber seine blöden Sprüche habe ich mir gemerkt. Ich weiß gar nicht, warum ich es über ein Jahr mit ihm ausgehalten habe. Ich soll mir doch einfach einen anderen suchen, hatte Regine mir gesagt. Dabei steckte sie selbst bis über den Kopf in einer ziemlich abartigen Beziehung. Und so etwas wäre mir auch nie in den Sinn gekommen. Ich kann nicht mit einem Mann zusammen sein und gleichzeitig auf die Suche nach einem anderen gehen. Wenn ich das könnte, hätte ich Rainer viel früher verlassen.

Meine Haltung in solchen Dingen mag bescheuert sein. Ich weiß das und ich habe das auch schon mit meinem Psychologen besprochen. Nun, *besprochen* ist schwer übertrieben. Wenn ich in seiner Praxis sitze, rede hauptsächlich ich. Er sagt fast gar nichts, sondern nickt nur immer. Und wenn er mal etwas sagt, ist es nichts, was man einen konkreten Ratschlag nennen könnte. Er hat nur seine Standardphrasen. Ich soll mich auf mich selbst besinnen, ich soll so werden wie ich im Grunde schon immer war. Aber wie war ich denn schon immer? Wenn ich mit einem Mann zusammen bin, verhalte ich mich wie meine Mutter zu meinem Vater. Das heißt, ich kümmere mich um ihn und rede ihm gut zu, wenn es ihm schlecht geht. Wenn ich das meinem Psychologen erzähle, sagt er, wenn das mein Wesen sei, wäre nichts dagegen einzuwenden. Aber wenn das mein Wesen sein soll, warum fühle ich mich dann so schlecht? Ich soll mich akzeptieren so wie ich bin. Wieder so eine nichtssagende Phrase. Wie denn, frage ich, wie soll mich denn akzeptieren? Soll ich mir vielleicht einen Lorbeerkranz auf den Kopf setzen? Er nickt und sagt, ich könnte mir vorstellen, ich stehe ganz oben auf einem Podest und juble mir selbst zu. Aber was gibt es da zum Feiern? Weil mich niemand bewundert, soll ich mich selbst bewundern? Weil mich niemand in Ehren hält, soll ich mir selbst einen Orden um den Hals hängen? Irgendetwas mache ich falsch. Wahrscheinlich wird mein Psychologe irgendwann mal, wenn er vielleicht doch einmal den Mund für länger als zwei Minuten aufmacht, mir vorhalten, dass mein Wunsch nach einem netten Mann nur eine Ersatzbefriedigung ist für irgendwelche Bedürfnisse, die mit meinem innersten Wesen zu tun haben. Warum habe ich den Psychologen noch nicht gewechselt? Ganz einfach, weil ich Angst habe, der nächste sagt mir dasselbe. Siebzig Euro die Stunde dafür, dass ein Psychologe kaum was sagt, mir aber zunickt! Das Traurige dabei ist, die Sitzungen sind das Geld wert.

Ich sehe Gundula zu, wie sie ihren Lippenstift nachzieht, und sage zu ihr: „Ich finde, das Kostüm steht dir ausgezeichnet."

Sie lächelt mich an. „Wirklich? Meinst du?"

„Ja, das wollte ich dir schon sagen, als du vorhin an den Tisch kamst. Das ist ein Kostüm, das ich selbst schon immer gesucht habe, die Art Kostüm, das man zu allen möglichen Anlässen tragen kann."

Gundula fühlt sich geschmeichelt. Sie schaut in den Spiegel, reckt das Kinn nach vorn und spitzt die Lippen. Es sieht so aus, als wolle sie ihr Spiegelbild küssen. Sie ist jetzt ausschließlich mit sich selbst beschäftigt und tut so, als sei ich gar nicht hier. Vielleicht hört sie mir gar nicht mehr zu, trotzdem rede ich weiter. „Sigmund gefällt dein Kostüm bestimmt auch", sage ich, wohlwissend, dass er sich nie zu ihrer Kleidung äußern würde. Soweit kenne ich ihn. Sie übergeht, was ich gerade sagte, und wirft einen prüfenden Blick auf ihre Nase. „Detlef geht oft mit, wenn ich mir was Neues zum Anziehen kaufe. Er hat ein gutes Gespür für das, was mir steht. Geht Sigmund auch mit dir Kleider kaufen?"

Ohne mich anzusehen, erwidert sie: „Nein."

„Du meinst, er geht selten mit, oder er geht nie mit?"

Jetzt endlich schaut sie mir ins Gesicht. Sie überlegt kurz, dann sagt sie: „Wenn ich Kleider kaufe, muss niemand mit mir mitgehen. Wieso fragst du?"

Normalerweise bin ich nicht so direkt, aber ich will einfach wissen, wie sie zu ihm steht, wenn er sich weigert, mit ihr in ein Damengeschäft zu gehen. „Ach, nur so. Mit Regine ist er jedenfalls nie zum Kleiderkaufen mitgegangen."

„Woher willst du das wissen?" Sie klingt etwas gereizt.

„Ich kenne ihn fast so lang wie ich Regine kenne. Über zwanzig Jahre."

„Gut, aber das heißt noch lange nicht, dass du weißt, wie er sich verhält, wenn ich mir was zum Anziehen kaufe. Du bist ja nicht dabei."

„Ja, aber ich kann mir gut vorstellen, wie er wäre, wenn er mit dir in ein Bekleidungsgeschäft ginge." Ich bemühe mich um ein nettes Lächeln, weil ich nicht will, dass sie sich von mir angegriffen fühlt. „Ich sehe ihn vor mir, wie er eine Weile vor den Umkleidekabinen hin und her hopst und dann plötzlich in einer der Kabinen verschwindet und nicht wieder rauskommt."

Ich sehe ein leichtes Zucken in ihrem Gesicht. „Wieso sollte er das tun?"

„Das ist eine psychische Sache. Er hat irgendwas mit den Nerven. Auch wenn er im Urlaub ist, kann es sein, dass er plötzlich verschwindet und dann ist es ..."

Sie unterbricht mich. „Woher willst denn *du* das wissen?"

„Weil Regine es mir erzählt hat."

„Nun, vielleicht war er mit ihr so, aber mit mir ist er anders."

„Dann kommt's vielleicht noch. Ein Mann verändert sich doch nicht, nur weil er mit einer anderen Frau verheiratet ist." Ich denke an Rainer, der die ganzen Jahre auf der gleichen Schiene gefahren ist, und an meinen Psychologen, der behauptet, dass die Persönlichkeit eines Menschen im innersten Kern konstant ist.

Gundula macht eine Handbewegung, die eine Neigung zu Streitbarkeit ausdrückt. Auch ihre Tonlage hat sich noch weiter verschärft. „Da irrst du dich aber gewaltig", fährt sie mich an. „Ich weiß zwar nicht, wie er zu seiner ersten Frau war, und das interessiert mich auch gar nicht, aber zu mir ist er immer sehr zuvorkommend. Er hilft mir sogar in meiner Praxis."

„Wirklich? Siggi hilft dir in der Praxis? Was macht er denn da?"

„Oh, alles Mögliche. Er räumt in meinen Schränken auf, kontrolliert das Inventar, bestellt Nachschub, schaut im Wartezimmer nach dem rechten. Er kennt sich aus, und wenn ..."

„... deine Empfangsdame ausfällt, kommt er sofort und setzt sich an die Rezeption?" Innerlich muss ich lachen, wenn ich mir vorstelle, wie schnell Siggi hinter der Empfangstheke verschwindet, wenn ein Patient auftaucht. Ich sehe wieder ein Zucken in ihrem Gesicht. „Verzeihung", sage ich, „das war nur ein Scherz. Ich wollte nur sagen, dass manche deiner Patienten sich bei Sigmund die Zähne ausbeißen würden. Ich kann mir einfach nicht vorstellen, dass Sigmund dir am Empfang eine Hilfe wäre."

„Und wieso nicht?"

„Weil er nicht der Typ ist für diese Arbeit. Da müsste er mit Leuten reden. Sogar bei seinen Freunden muss er sich abquälen. Das siehst du doch bei uns am Tisch. Wenn mein Ex und ich bei ihm eingeladen waren, war er auch nicht anders. Oft war er gar nicht zu Hause. Entweder kam er dann eine Stunde zu spät, oder er kam überhaupt nicht. Und wenn er dann mit uns zusammen am Tisch saß, machte er äußerst sparsamen Gebrauch von den konventionellen Möglichkeiten der Sprache, um nicht zu sagen, er verfiel in tiefes Schweigen, besonders wenn ein Thema angeschnitten wurde, zu dem er eine Meinung haben müsste."

„Ach ja, ist das so? Nun, *meine* Meinung ist, dass du keine Ahnung hast, was für ein Mensch er ist. Oder hast du mit ihm schon mal zusammengelebt?"

Sie sieht mich mit zusammengekniffenen Augen an. Ich sollte an dieser Stelle aufhören, sagt mir mein moralischer Verstand, aber der rationale Teil meines Gehirns hat andere Bedürfnisse. Sigmund und Gundula, das kann einfach nicht gutgehen. „Wo hast du ihn denn kennengelernt?", frage ich sie.

„Warum willst du das wissen?", faucht sie zurück.

„Ist es schlimm, das zu fragen? Ich kann dir auch sagen, wie Detlef und ich uns getroffen haben."

„Warum soll mich das interessieren? Du willst das vielleicht nicht hören, aber es ist mir völlig egal, wie ihr euch kennengelernt habt."

„Schau, Gundula, wir wollen uns doch nicht streiten."

„Streiten wir? Ich hab nur gesagt, dass ich nicht unbedingt wissen muss, wie und wo du deinen Detlef kennengelernt hast."

„Ich hab's nicht böse gemeint, Gundula, wirklich. Es ist nur so, dass ich Siggi nun schon so viele Jahre kenne. Ich bin einfach neugierig, wie ihr euch kennengelernt habt. Freunden kann man das doch sagen."

„Also wenn du es unbedingt wissen willst, im Ludwigsburger Schlosspark war das. Ich gehe öfters Schlösser besichtigen. Und wenn das Wetter schön ist, gehe ich gern im Park spazieren. Ich hoffe, du hast nichts dagegen? Wir saßen zufällig auf derselben Parkbank und sind ins Gespräch gekommen. Ja, wir unterhielten uns, ziemlich lange sogar, auch wenn du behauptest, er redet nichts."

„Ich habe nicht gesagt, dass er überhaupt nichts redet. Er redet sehr wohl, nur eben nicht gern. Das soll es ja bei Männern geben."

„Das machte er vielleicht bei seiner Ex so, aber mit mir redet er ganz normal."

Die Sache beginnt mir jetzt richtig Spaß zu machen, gerade weil sie so defensiv reagiert. Für meinen Psychologen wäre sie ein harter Brocken. Schon allein ihr finsterer Blick spricht Bände. „Über was habt ihr denn geredet?"

„Was geht dich das an", schnaubt sie.

„Habt ihr über Leute diskutiert, die Doppelbilder sehen? Oder wie Sehdefizite mit Hirnschädigungen zusammenhängen?"

Jetzt schreit sie mich an. „Was soll das? Warum bist du so zynisch?"

„Ich bin nicht zynisch. Aber warum bist *du* so verstockt? Du kannst mir doch sagen, über was man mit Sigmund reden kann, außer über Chemie natürlich."

„Wenn's dich interessiert, wir unterhalten uns oft über die Aufklärung Epoche. Er weiß ungemein viel über diese Epoche. Sein Vater war Geschichtsprofessor."

Ich kann mich jetzt nicht mehr zurückhalten. Ein herzhaftes Lachen bricht aus mir heraus. „Das ist ja interessant, Gundula. Darf ich ihn dann vielleicht etwas über das finstere Mittelalter fragen, wenn wir wieder am Tisch sitzen? Vielleicht kann ich mal was Neues von ihm lernen."

Sie ist jetzt richtig wütend. „Und ich werde deinen Detti auch was fragen", schreit sie. „Mal sehen, ob der was weiß. Er hat vorhin so supergescheit über Architektur geredet. Ich hätte da ein paar Fragen an ihn."

Ich habe den Eindruck, ihr Gesicht hat sich in den letzten paar Minuten gerötet. „Soll das jetzt so eine Art Beruferaten werden, was du da veranstalten willst?"

„Wieso tust du jetzt so komisch, Sabine?"

„Ich tu doch nicht komisch. Ich finde nur, diese ganze Fragerei ist bescheuert."

„*Du* hast doch damit angefangen", sagt sie mit einem triumphierenden Blick in den Augen.

Eigentlich hat sie recht. Ich war diejenige, die mit dieser blöden Fragerei begann. Ich verstehe nur nicht, warum sie so abweisend reagiert. „Verzeihung, aber wieso kannst du nicht normal über deinen neuen Mann reden, Gundula?"

„Und wieso kann ich *deinen* Neuen nicht etwas über Architektur fragen? Er hat wohl keinen Bock, weil er mit dir beschäftigt ist."

„Was heißt das, er ist mit mir beschäftigt?"

„Dieses dauernde Betatschen. Ich seh doch, wie er an dir herummacht. Gefällt dir so was?"

Was soll *das* jetzt heißen? Er betatscht mich doch nicht. Will sie mich ärgern? Ah, schon klar, sie ist neidisch. Sigmund würde ihr nicht mal aus zehn Meter Entfernung eine Kusshand zuwerfen, in der Öffentlichkeit schon gar nicht. „Was du Betatschen nennst, ist Zuwendung", sage ich. „Kennst du den Unterschied zwischen Betatschen und Streicheln? Streicheln ist Detlefs Art, mir seine Zuneigung zu zeigen. Er mag mich, und er zeigt, dass er mich mag. Und dein Sigmund, was macht der mit dir? Mir scheint, er ignoriert dich. Na ja, ignorieren ist vielleicht das falsche Wort, aber wie soll man es nennen, wenn dein Mann nur damit beschäftigt ist, Essen in sich reinzuschaufeln?"

Was ich gerade sagte, war dumm und völlig neben der Kappe, aber was sie zu mir sagte, war auch nicht gerade schön. Betatschen, das klingt so abfällig. Ich weiß auch gar nicht, warum mir das herausgerutscht ist. Habe ich gerade einen Anfall von Schwachsinn? Sigmund hat keine schlechten Tischmanieren, jedenfalls keine schlechteren als manch anderer von uns am Tisch. Hermann schmatzt wie eine Kuh, Roland spricht mit vollem Mund über Dinge, die niemand interessieren, Annabelle rollt laufend mit den Augen und Regines Schwester kaut ewig an ihren zerrissenen Schupfnudeln herum.

Gundula reagiert auf das, was ich gesagt habe, wie eine Giftschlange. „Wie kommst du drauf, dass er mich ignoriert?"

„Nun, seit wir am Tisch sitzen, hat er vielleicht zwei oder drei Sätze zu dir gesagt. Wenn nicht ignorieren, dann würde ich sagen, er hat nicht viel am Hut mit dir."

„Sigmund ist müde, deshalb ist er gerade so still."

„Wovon soll er denn müde sein?", sage ich. „Ist er nicht schon bald in Rente? Wenn er wirklich müde ist, hat das eher mit seinem Alter zu tun. Immerhin hat er zwanzig Jahre mehr auf dem Buckel als du." Jetzt habe ich sie in der Falle. Wenn sie nicht widerspricht, dann nur, weil sie mir zeigen will, dass sie jünger ist als ich. Aber dann muss sie Angst haben, dass ich nichts von ihr halte, weil sie einen alten Mann geheiratet hat, einen

Mann, der, wenn sie sechzig ist, sein Haus schon seit Jahren nur mit dem Rollator verlässt. Ich könnte denken, sie hat ihn nur geheiratet, weil sie keinen Jüngeren gefunden hat. Ich habe mal gelesen, dass Frauen, die einen doppelt so alten Mann heiraten, den Rest ihres Lebens damit verbringen, sich plausibel klingende Geschichten zusammenzubasteln, und das nennen sie dann Ehe, Hingabe, Verantwortung oder sonst was.

Gundula knallt ihren Lippenstift auf die Ablage am Spiegel und schnaubt mich an: „Du glaubst wohl, du kannst mir was vormachen, nur weil Sigmund älter ist als ich. In einer ehelichen Beziehung mit einem älteren Mann liegt viel Würde. Oder kommt das für dich als Schock? Muss ich mir jetzt Sorgen um dich machen?"

Oh, wenn die wüsste, was ein Schock ist! Es ist noch nicht lange her, dass mein Sohn mir eröffnete, dass er zu seinem Freund gezogen ist. Das wäre ja noch okay, wenn er nicht im nächsten Satz gesagt hätte, er sei in diesen Freund verliebt. Ich fragte ihn, was meinst du mit verliebt? Du hast ihn gern, richtig? Ja, sagte er, aber mehr als nur gern. Ich liebe ihn. Mir verschlug es die Sprache. Und als er mir sagte, dass dieser Mann sein Chef sei und zwanzig Jahre älter sei als er, lag ich eine ganze Woche lang flach im Bett. Ich war in einer Art geistigem Ausnahmezustand. Mein Psychologe war da überhaupt keine Hilfe. Er hat mich immer nur gefragt, wie fühlen Sie sich? Wie soll ich mich denn fühlen, wenn mein Sohn sagt, er liebt einen Mann, weil er ein Mann ist? Vielleicht bin ich in diesen Dingen nur altmodisch. Ich verstehe es

116

heute noch nicht, wie das passieren konnte. Rainer ging an die Decke, als ich ihm sagte, halte dich fest, dein Sohn ist schwul. Zuerst glaubte er mir nicht, bis ich ihn auf das niedliche Goldkettchen hinwies, das Erich um seinen Hals trug.

Und warum das alles? Mein Sohn sagt, *ich* sei schuld. Ich hätte ihm den Namen Erich gegeben, weil Eric Clapton mein Idol gewesen sei, weil ich Eric Clapton vergöttere und wohl einmal gesagt habe, ich wünschte Eric Clapton wäre mein Sohn. Jeden Tag habe er zuhören müssen, wie ich Clapton Platten spielte und oft mitsang. Sogar Fanbriefe hätte ich geschrieben. Was nicht stimmt, das hat er sich eingebildet. In seinem Jugendzimmer hätte ich ein Riesenposter von Clapton an die Wand geklebt, und zwar so, dass er es jeden Morgen beim Aufwachen ansehen musste. Aber niemand hat ihn gezwungen, das Poster anzustarren. Er hätte es ruhig abreißen können, ich hätte nichts dagegen gehabt. Stattdessen behauptet er nun, ich hätte ihn aufgezogen, dass er so wird wie Eric Clapton. Was Kinder sich so alles einbilden! Ich hätte ihn gezwungen, Gitarre zu lernen, sagt er. Nur mir zuliebe habe er Gitarre gelernt und in einer Schülerband mitgespielt, die nur Jungen, und kein einziges Mädchen drin hatte. Auf diese Weise hätte ich ihm Gefühle für Mädchen ausgetrieben.

Rainer will ihn jetzt in die Klapse stecken. Er sagt, so wie ich Erich Gefühle für das weibliche Geschlecht ausgetrieben hätte, könnte ein Psychiater sie ihm wieder reinstopfen. Veranlagung sei Veranlagung, da könne man nichts machen, aber Gefühlsangelegenheiten seien behandelbar. Man muss nur wollen. Ich sagte ihm, dann geh du doch mal zum Psychiater und frag ihn, ob er dir nicht deinen Sammelzwang austreiben könnte. Du musst nur wollen. Aber er will nicht. Wenn es darum geht, sein eigenes Verhalten zu hinterfragen, ist mein Ex total überfordert.

„Verzeihung, Gundula, ich weiß sehr wohl, was ein Schock ist. Ich habe schon viel in meinem Leben durchgemacht, und ich weiß auch, wie Würde in einer ehelichen Beziehung aussieht. Das kannst du mir glauben. Detlef hat Würde, und er hat auch keine Probleme, das vor anderen zu zeigen."

„Indem er dir den Hintern massiert? *Das* nennst du Würde?"

„Ich habe gesagt, er *streichelt* mich. Falls du es noch nicht bemerkt hast, Detlef hat richtig Glanz in den Augen, wenn er mit mir spricht, aber dein Sigmund guckt dich nicht mal an. Oder glaubst du, er wäre von dir geblendet, wenn er dich ansähe? So schön bist du nun auch wieder nicht."

Uh, das hätte ich jetzt nicht sagen dürfen. Ich erlebe gerade die Katastrophe der Gehässigkeit. So bin ich doch eigentlich gar nicht. Jetzt ist sie ganz außer sich. Ich habe mit keinem Wort Siggis berufliches Können angezweifelt, aber sie fährt mich an, als hätte ich die letzte halbe Stunde nur von seinem Beruf geredet und ihm in seiner Arbeit jegliche Kompetenz abgesprochen. „Sigmund versteht wahnsinnig viel von Chemie", sagt sie, „er kennt

118

die chemische Zusammensetzung von jedem Reinigungsmittel aus dem FF, aber er hat die Größe, das nicht rauszuhängen. So bescheiden ist er. Dein Detlef aber tut so, als sei er schon mal Preisrichter in einem Architektenwettbewerb gewesen. Dabei versteht er von Architektur überhaupt nichts."

„Dafür fährt er einen Mercedes", kontere ich. Was für ein Blödsinn! Keine Ahnung, warum mir das rausrutscht ist. Ich versuche zu lachen, über mich selbst, weil mir nichts einfällt, was ich dazu noch sagen könnte. Ich kann es nicht fassen, auf welches Niveau ich mich mit dieser Frau herabgelassen habe. Ich bin verzweifelt, und was tue ich jetzt in meiner Verzweiflung? Ich wiederhole das dumme Zeug, das ich gerade von mir gegeben habe. „Mein Mann fährt schon *immer* Mercedes!"

Sie überlegt kurz, dann sagt sie, „Und mein Mann hat einen Flachbildschirm so groß wie eine Tischtennisplatte!"

„Und Detlef besitzt einen Schrebergarten die Größe eines Fußballfeldes!", schieße ich sofort zurück.

Sie starrt mich eine Weile glotzäugig an, dann schreit sie: „Und mein Mann hat einen größeren Penis als deiner!"

Ich wedele mit den Armen in der Luft wie ein Huhn und schreie: „Und meiner kann jeden Tag!"

Wie ein Kind stampft sie jetzt auf den Boden und krächzt: „Und meiner kann zehnmal hintereinander!"

Was kann ich da noch sagen? Ich verstehe mich selbst nicht mehr, ich schäme mich vor mir selber. Ich werde gleich wieder am Tisch bei meinen Freunden sitzen, und dann werde ich so tun müssen, als habe es diese gottbeschissene Auseinandersetzung nicht gegeben. Und was wird *sie* machen, so wie sie mich gerade anstarrt, mit einem Blick voller Verzweiflung und Abscheu? Wird sie Siggi davon erzählen? Die Adern an ihrer Schläfe quellen hervor wie Fahrradschläuche kurz vor dem Platzen, und ihr Hals ist blutrot angelaufen. Ich glaube, ihre Schminke fängt schon an zu schmelzen. Sie stopft ihren Lippenstift und Kamm in ihre Handtasche und marschiert keuchend aus der Toilette.

Ach, das weiß ich gar nicht

„Wie ist das mit Gundula, vergisst sie auch immer alles?"

„Wie, vergessen?"

„Ich meine, im Allgemeinen, ist sie vergesslich?"

„Ich weiß nicht. Da muss ich sie fragen."

„Wieso? Das musst du doch wissen. Ihr wohnt doch schon lange zusammen. Wieviel Jahre sind das jetzt schon?"

„Ach, das weiß ich gar nicht so genau."

„Wann habt ihr denn geheiratet?"

Er überlegt und reibt sich die Schläfe. Ein Mann im Kampf mit seinem Hirn, das nicht so richtig funktioniert, so sieht er aus. Dann sagt er: „Vor zwei Jahren, oder?"

„Was fragst du mich? *Du* hast sie doch geheiratet." So war Siggi schon immer. Wenn ich ihn jetzt fragen würde, in welcher Stadt seine Trauung stattfand, könnte er das auch nicht auf Anhieb sagen. Nicht dass er es vergessen hat. Man kann nicht etwas vergessen, das man nicht registriert hat. So funktioniert das Gehirn nicht. Was das Auge nicht wahrnimmt und das Gehirn nicht speichert, kann man nicht vergessen. Annabelle nimmt etwas wahr, sie spricht sogar darüber, aber dann vergisst sie es. Seit einem Monat nimmt sie einen Kurs in Portugiesisch. Wie kam sie ausgerechnet auf Portugiesisch? Wenn ich sie das frage, sagt sie, sie hat es vergessen. Sie sagt, sie lernt eine Fremdsprache, um ihren Geist auf Trab zu halten. Seit Monaten schon lebt sie in panischer Angst, demnächst an Alzheimer zu erkranken, weil ihr Onkel schon mit fünfzig unter Alzheimer litt. Als ich sie fragte, warum sie erst jetzt, fast zehn Jahre nach dem Tod ihres Onkels auf die Idee kommt, sie würde ebenfalls an Alzheimer erkranken, sagte sie, sie habe bei einer Entrümpelungsaktion auf dem Speicher ein altes Foto von ihm gesehen. Sie konnte sich allerdings nicht erinnern, ob er der Bruder ihrer Mutter oder ihres Vaters war, oder nur jemand, den sie als Kind Onkel nannte. Jetzt ist sie in einer Selbsthilfegruppe, um mit ihrer Alzheimerangst klarzukommen. Ich weiß nicht, was genau sie in dieser Gruppe machen. Ich denke, das ist so eine Art Kaffeekränzchen für Leute, deren Problem darin besteht, dass sie glauben, sie haben ein Problem. Diese Gruppe hat ausschließlich Frauen als Mitglieder, was an sich schon ein Problem ist. Eine von ihnen habe ich neulich kennengelernt. Annabelle hat sie mit nach Hause gebracht, zum Tee. Die Frau ist hochgradig gestört, würde ich sagen. Sie bietet Lebenshilfekurse an für Geschiedene und für Leute in einer Ehekrise. So wie sie es mir erklärte, ist sie überzeugt, dass sie sich in dieser Materie hervorragend auskennt, weil sie selbst zwei Scheidungen hinter sich hat und gerade in einer Krise mit ihrem Verlobten steckt. Sie nimmt in dieser Selbsthilfegruppe teil, sagt sie, weil sie dort Leute mit Problemen treffen kann, wie sie ihrer Meinung nach in jeder Ehe auftreten. Sich mit diesen Leuten austauschen

122

und sich deren Erfahrungen anhören, helfe ihr im Umgang mit ihren eigenen Patienten, von denen einige etwas seltsame Vorstellungen vom Konzept Krise hätten.

Komisch, Annabelle ist überzeugt, dass sie sich auf dem Weg in den Alzheimertod befindet, nur weil sie sich nicht erinnern kann, ob dieser Onkel überhaupt ein richtiger Onkel ist, aber mir wirft sie vor, ich ginge wegen jeder Lappalie zum Arzt. Dabei gehe ich nicht wegen einer *Lappalie* zum Arzt. Ich gehe auch nicht zum Arzt, weil es mir Spaß macht oder weil ich nicht weiß, wie ich sonst meinen Tag ausfüllen soll. Erst heute früh hat sie wieder einen Streit angefangen. Ich esse zum Frühstück wahnsinnig gern Käse, aber es muss fettreduzierter Käse. Ich will mir nicht von einem Arzt sagen lassen, ich hätte von Arterienverkalkung noch nie etwas gehört. In jeder Zeitung steht heutzutage, man soll fetthaltige Nahrung vermeiden. Ich habe ihr das auch schon x-mal erklärt, aber heute stellte sie mir einen siebzigprozentigen Blauschimmelkäse auf den Tisch und behauptete, Käse sei gleich Käse. Was ich nämlich glaube, ist, dass sie mir absichtlich fetthaltiges Essen unterjubeln will, um mich auf ihre Linie zu bringen. Sie steht mit ihrem Körper auf Kriegsfuß seit sie dreißig ist, und sie stellt mir fettreichen Käse auf den Tisch, damit ich Gewicht zulege und sie dann weniger Anreize hat, abzunehmen. Das ist die Art Psychologie, die den Menschen endgültig verdirbt. Vielleicht lernt man so was in einer Selbsthilfegruppe. Kann ich mir gut vorstellen, bei dem, was Frauen alles einfällt, wenn es ums Durchhalten in einer Ehe geht, die nicht ganz nach ihren Wünschen verläuft. „Vielleicht solltest du mal in eine Selbsthilfegruppe gehen", sage ich zu Siggi scherzhaft.

„Wieso denn das?"

„Siggi, jemand, der vergisst, wann er geheiratet hat, braucht dringend Hilfe. Wenn ich zu Annabelle sagen würde, ich habe unseren Hochzeitstag vergessen, würde sie mir fünf Zentimeter dick Schmalz aufs Brot schmieren, bis ich schwöre, nie wieder diesen Tag zu vergessen. Ist dir deine Ehe mit Gundula denn gar nicht wichtig?"

„Wie meinst du das?"

Er sieht mich mit großen Augen an. Ich weiß, ich muss vorsichtig sein mit dem, was ich jetzt sage, sonst rennt er mir noch weg. Ich kenne ihn, er bringt es fertig, einen alten Freund einfach am Pissoir stehen zu lassen und dann am Tisch so zu tun, als sei nichts geschehen. Das muss nicht sein, und der Abend ist noch lang. „Und Regine? Ist *sie* vergesslich?"

„Weiß nicht, kann sein."

Ich lache. „Das hast du wahrscheinlich vergessen, Alter."

Jetzt wacht er endlich ein bisschen auf. Er mag es nicht, an sein Alter erinnert zu werden. Die Zähne werden gelb, die Knochen werden krumm, das Essen schmeckt nicht mehr so gut, man isst kaum noch was, und trotzdem wird man fett, so redet er über das Altern. „Und du, du vergisst wohl nie etwas, oder?", sagt er sichtlich verärgert. „Ich wette, du weißt nicht, wann du mit Annabelle zuletzt im Urlaub warst."

Pech, mein Freund. Wenn er mir Vergesslichkeit vorwerfen will, sollte er mich etwas anderes fragen. Ich weiß nämlich ganz genau, wann und wo wir im Urlaub waren. „Vor genau vier Monaten", erwidere ich. „Wir waren zwei Wochen auf Lanzarote. Annabelle wollte irgendwo hin, wo die Sonne viel scheint, aber wo's nicht so heiß ist. Du weißt ja, sie hat eine Sonnenallergie und bekommt sofort diesen schlimmen Ausschlag auf der Brust. Da hab ich die Kanaren vorgeschlagen. Eine Katastrophe war das, wenn du's wissen willst. Es war ein vier-Sterne Hotel. Bei uns wären das höchstens drei Sterne, vielleicht nicht mal das. Teuer, und ein schrecklicher Massenbetrieb. Die Landesgartenschau an einem sonnigen Wochenende ist eine Erholung dagegen. Schon die Lage des Hotels war furchtbar. Der ganze Ort ist eine Betonwüste, sieht aus, als hätte man das in nur drei Jahren aus dem Boden gestampft. Eine ewig lange Hauptstraße mit hundert Cafés und Diskotheken und Bars auf beiden Seiten, dumpf dröhnende Musik die halbe Nacht, und der Mief von vergammeltem Frittierfett, und das schon um die Mittagszeit. Wenn du was einkaufen willst, kannst du wählen zwei Dutzend Touristikläden, wo sie überall die gleichen in China hergestellten, in Chemie getränkten Handtücher und Hemden mit den Namen von Fußballhelden drauf verkaufen. Abends konnten wir nicht mal auf dem Balkon sitzen, weil unten am Pool die Discomusik einem die Haare aus den Ohren rauszieht. Nachts draußen Spazierengehen wollten wir nicht, also lagen wir schon um zehn im Bett und guckten fern. Primitive

Comedyserien und Gameshows, gegen die der Schrott im RTL sich wie ein gehobenes Uniseminar anfühlt. Und wenn man einen Strand haben will, mit Sand statt mit scharfkantigen schwarzen Steinen überall, muss man dreißig Kilometer mit dem Auto fahren. Alles heißt dort Playa, jedes Kaff heiß Playa dos, Playa los, Playa was weiß ich. Und wenn du endlich mal einen kleinen Flecken findest, den man Strand nennen könnte, stolperst du über ein paar Nackige aus Schwerin, die der Honecker DDR nachtrauern. Du hättest Annabelle hören sollen, wie sie jeden Tag schimpfte. Das sei kein ihrem Status angemessener Urlaubsort. Ich hätte mich vorher besser erkundigen sollen, bevor ich diese zwei Wochen buchte, sagte sie. Ich hätte zur Abwechslung mal in ein Reisebüro gehen sollen, statt in eine Arztpraxis. Du kennst sie ja, wenn sie sauer ist, dauert das Tage, bis sie sich beruhigt. Schon beim Frühstück habe ich mir ihre Frotzelei anhören müssen. Sie hatte geglaubt, in diesem Ort wären keine Pauschaltouristen. Wenn's um den Urlaub geht, wird sie ganz aristokratisch. Sie hasst es, von Pauschaltouristen umgeben zu sein, dabei verhält sie sich am Pool genauso wie Pauschaltouristen. Eine halbe Stunde, bevor der Frühstückssaal öffnet, rennt sie zum Pool und deponiert ihre Badetasche und eine Ladung Handtücher auf zwei dieser bockelharten Plastikliegen, das Standardverhalten der Standardtouristen der Drei-Sterne-Klasse. Und dann beschwert sie sich über das Standardfrühstück und das, was die Leute in sich reinstopfen. Weißmehlbrötchen und Marmelade für die

Deutschen, pappige Croissants für die Franzosen und Bohnenbrei und schlappe Fettwürstchen für die Engländer. Es ist nicht so, dass ich nicht meine eigenen Probleme mit diesem Hotel gehabt hätte. Die Matratze war so weich wie schwammige Rühreier, und das Bettlaken war dünn wie ein Pareo. Von Matratzenschonern haben die auch noch nie was gehört. Ich sage dir, diese Matratzen wären ein Paradies für deine Bakterienforschung. Ein Wunder, dass mein Hausarzt nach unserer Rückkehr bei mir nichts gefunden hat, aber es kann ja sein, dass sich da irgendwelche Krankheitserreger festgesetzt haben, die erst in fünf Jahren rauskommen. Annabelle war die ganzen zwei Wochen so stocksauer auf mich, dass sie Sex verweigerte. Nicht dass wir mit ihrer Protesthaltung unsere Normalfrequenz unterschritten hätte, aber im Urlaub sollte das schon ein bisschen anders laufen, meine ich. Ihre Psychologin hätte da bestimmt ein paar Wörtchen darüber zu sagen. Wie ist es denn mit Gundula?"

„Wie ist *was* mit Gundula?"

„Du weißt schon, wie läuft's mit ihr?"

„Ach herrjemine!"

„Geht nicht viel, was?" Er sieht mich an, sagt aber nichts. „Also?", bohre ich weiter.

Er sagt immer noch nichts. Er lässt nichts raus, bei ihm ist das wie Zähneziehen. Er macht an seiner Hose herum, als wolle er nichtvorhandene Bügelfalten glatt ziehen. Während ich mir überlege, wie ich etwas aus ihm herauslocken könnte, das normale Männer in der Sauna ungeschminkt von sich erzählen, kommt mir die Idee, ob ich nicht auch mal einen Monat lang jede Frage von Annabelle mit Schweigen beantworten sollte. Ich könnte es ja mal probieren und schauen wie sie reagiert. Vielleicht hört sie dann auf, mich mit ihren Vorhaltungen zu belästigen und lässt mich zum Arzt gehen, wann und wie ich will.

„Also jetzt sag schon, wie läuft's denn mit ihr?"

Er zuckt mit den Schultern und schaut sich nervös nach einem Papierhandtuchbehälter um, den er eigentlich nicht lange suchen müsste, denn er steht direkt neben einem.

„Hast du irgendwelche Probleme mit Gundula?", frage ich weiter, nachdem er sich ein paar Tücher abgerissen hat. Er trocknet seine Hände, dann reißt er noch einen Fetzen Papier aus dem Behälter, wirft das Papier aber sofort in den Abfallkorb, ohne es benützt zu haben. „Du kannst mir's doch sagen, Siggi. Wir sind doch alte Freunde. Geht *viel* ab zwischen euch?" Keine Antwort, aber ich höre wie er schluckt. „Habt ihr *überhaupt* Sex?", hake ich nach. „Habt ihr denn überhaupt schon mal Sex gehabt?"

Diese letzte Frage gibt ihm den Todesstoß. Ich weiß, jetzt habe ich alles vermasselt. Er drückt wie wild auf den Seifenspender und seift sich die Hände ein zweites Mal ein. Er rubbelt die Hände aneinander, so frenetisch gründlich, als hätten sich Millionen Bakterien unter der Haut festgesetzt, die er jetzt befreien will. „Musst du im Bett einen Sturzhelm tragen, brauchst du vielleicht Bandagen?" Witzemachen bringt jetzt auch nichts mehr.

Freundschaft hin oder her, ich bin einfach zu weit gegangen. Siggi schnauft ein paar Mal ein und aus, lässt kurz einen Wasserstrahl über seine Hände laufen und schaut dann auf seine Armbanduhr.

„Ach du grüne Neune, ich muss zurück."

„Warum denn so schnell?"

„Ach, ich weiß auch nicht." Nach kurzem Zögern sagt er, „Sie hat es nicht so gern, wenn ich sie so lange am Tisch allein lasse." Dann hechtet er die paar Meter zum Toilettenausgang.

Ich kann ihm gerade noch hinterher rufen, „Siggi, dein Hosenschlitz ist offen."

Er bleibt für eine Sekunde stehen und greift sich an den Hosenschlitz. „Ach herrjemine!" Entschlossen zieht er den Reißverschluss zu, und schon ist er zur Tür hinaus.

Du und deine Akademikerfreunde

Ich muss nur kurz mal allein sein, nur für ein paar Minuten, kurz eine rauchen. Ich brauche eine Verschnaufpause, sonst überlebe ich diesen Abend nicht. Wie Sabine von diesen Leuten schwärmen kann, ist mir ein absolutes Rätsel. Sie sagt, das seien ihre Freunde, aber für mich sind das hochnäsige, arrogante Schnösel. Das sind alles Leute, die am liebsten mit sich selbst beschäftigt sind. Diese Gundula von Schönhausen streicht alle paar Minuten ihr Messer blank, damit sie sich in ihrem Spiegelbild bewundern kann. So etwas Bescheuertes habe ich noch nie gesehen. Ihr Mann ist auch ein sonderbarer Kauz. Benimmt sich wie eine trübe Tasse, in der man zum letzten Mal vor vierzig Jahren gerührt hat. Der Mann von Annabelle ist auch nicht ganz sauber. Redet wie jemand, der schon beim geringsten Nasenbluten zwei Wochen in Kur gehen will. Und diese Regine ist eine freche Göre. Die fährt jedem übers Maul, der eine andere Meinung hat als sie. Mit ihrer Schwester hat sie wohl nicht viel am Hut, so wie sie die zurechtstutzt, sobald sie den Mund aufmacht, aus dem aber auch nichts Gescheites rauskommt. Und ihr Freund, der Stararchitekt, hält sich für den Allergescheitesten am Tisch, bloß weil er in Amerika studiert hat. Der Mann hat überhaupt keinen Anstand. Er redet immer nur von seinem so schrecklich interessanten Beruf. Er hätte mich zum Beispiel auch mal fragen können, was ich in *meinem* Beruf so alles leisten muss. Er glaubt, einen Schuppen auf dem Papier zu entwerfen, ist schwieriger als in der jetzigen Marktlage eine dieser überteuerten Immobilien an den Mann zu bringen. Herr, wer bin ich, was kann ich noch werden, so kommt er mir vor. Und die anderen lassen sich von seinem Geschwätz auch noch beeindrucken. Sabine hätte mir da ruhig ein wenig unter die Arme greifen können. Sie weiß doch ganz genau, wie ich in meinem Beruf schuften muss. Da hätte sie das Gespräch ohne viel Mühe auf meine Arbeit lenken können. Aber mit ihrer Freundin zu schwatzen ist ihr wohl wichtiger. Die beiden tun so, als hätten sie sich schon eine Ewigkeit nicht mehr gesehen. Und jetzt steht sie da und glaubt, mit ein paar schönen Worten kann sie das wieder gutmachen. Sie sagt, ich sei rausgegangen, ohne ihr zu sagen wohin, und sie habe sich Sorgen gemacht. Recht so! Sie soll sich ruhig Sorgen machen, aber muss sie mir deshalb sofort hinterherrennen? Kann sie denn keine fünf Minuten ohne mich sein? Sie hat doch ihre Freunde.

Irgendetwas stimmt mit mir nicht. Ich fang mir immer Frauen ein, die an mir kleben wie Kletten. Und ich muss dauernd etwas Nettes zu ihnen sagen, sonst sind sie sauer. Meiner Ex musste ich jeden Morgen einen Kuss geben, sonst fühlte sie sich vernachlässigt, und die, die nach ihr kam, war sofort beleidigt, wenn ich sie auch nur ansatzweise kritisierte. Sabine sagt, ich sei ihr Schatz.

Was soll das eigentlich heißen, Schatz? Ist das nur etwas, das man so sagt, weil andere es auch tun? Wenn sie es ehrlich meint, sollte sie sich wenigstens ab und zu mal etwas anderes einfallen lassen, etwas, das nicht jeder sagt. Liebling, Herzblatt, Mäuschen, das sind alles abgenützte Worte, wie man sie in jedem Spielfilm hört. Ich hätte gern mal etwas Ausgefallenes von ihr bekommen. Sie könnte zum Beispiel sagen, dass ich ihre Flamme bin. Aber auf so was kommt sie gar nicht. Sie legt nur den Arm auf meine Schulter und fragt: „Was hast du denn, Schatz?"

„Was soll ich haben?"

„Du bist so komisch heute Abend."

„Wie, komisch? Wie bin ich komisch? Ich will nur kurz eine rauchen und ein bisschen Luft schnappen."

„Du bist einfach aufgestanden und gegangen, ohne etwas zu sagen. Darf ich eine mit dir rauchen?" Sie zieht eine Zigarette aus der Schachtel, die sie schon in der Hand hielt, als sie durch die Tür kam, und sagt: „Erkälte dich nicht, Schatz."

„Nein, mir ist nicht kalt."

„Aber du hast keinen Mantel an."

„Dafür habe ich meinen Schal um."

„Ja, aber ist der nicht zu dünn?"

„Nein, ist ja nur für ein paar Minuten."

„Ein paar Minuten genügen, um eine Erkältung zu holen", sagt sie und schiebt meinen Schalknoten ein Stück weiter nach oben, sodass ich kaum noch Luft kriege. „Warum trägst du deine Schals immer so lose?", will sie jetzt wissen. Nichts ärgert mich mehr, als wenn ich mich dauernd für alles rechtfertigen muss. Wie oft muss ich denn sagen, dass mir nicht kalt ist, dass mein Schal genau so sitzt, wie ich es will? Wieso muss ich überhaupt etwas zu meiner Rechtfertigung sagen? Wenn sie das mit ihrem Rainer auch so gemacht hat, verstehe ich, warum diese Ehe auseinandergebrochen ist.

Annabelle hat zu ihrem Mann vorhin Herzchen gesagt. Ist genauso blöd wie Häschen oder Schatzi, aber sie hört ihm wenigstens zu, wenn er von seinen Schwindelgefühlen redet. Regine dagegen, oh Gott, die ist ja furchtbar eingenommen von sich. Ich verstehe wirklich nicht, wie Sabine sie ihre beste Freundin nennen kann. Die beiden sind grundverschieden, gegensätzlicher könnte man gar nicht sein, allein schon vom Äußeren her. Sabine ist zwei Köpfe größer, und mit ihrem prächtigen Oberbau hat man wenigstens etwas in den Händen, wenn man hinlangt. Regine sieht eher wie eine schlappe Bohne aus, nicht unbedingt unansehnlich, das will ich gar nicht behaupten, aber eben doch wie eine Bohne, die schon längst hätte geerntet werden müssen. Sie wäre nichts für mich, sie würde auch nie Schatz oder sonst was Nettes zu mir sagen. Eine richtige Kanaille ist das, eine scharfe Nudel. Die geht mir so richtig auf den Sack. Wenn ich ihr etwas erklären will, schaut sie mir nicht einmal in die Augen. Sie tut so, als höre sie mir gar nicht zu, oder sie sagt, dass sie das alles schon längst weiß. Sie hält sich für was Besseres, klar. Insofern passt sie wunderbar zu ihrem Hermann. Wenn ich sage, ich fahre mit meinem Mercedes nach Belgien, will dieses Luder wissen, warum ich nicht den Zug nehme, das sei umweltfreundlicher. Das weiß ich selber. Außerdem habe ich sie nach ihrer Meinung zum Umweltschutz gar nicht gefragt. Ich habe sehr gute Gründe, mit dem Auto nach Belgien zu fahren, aber das muss ich ihr nicht auf die Nase binden. „Deine Regine", sage ich zu Sabine, „die ist wirklich was Besonderes."

„Wieso? Was meinst du damit, was Besonderes?"

„Ich glaube, sie hat was gegen mich."

„Warum soll sie etwas gegen dich haben, Schatz?"

„Eben, das frage ich mich auch. Ich bin doch die ganze Zeit freundlich zu ihr."

„Aber sie ist doch auch freundlich zu dir."

„Nun, den Eindruck habe ich nicht gerade, so wie sie mich attackiert, nur weil ich mit dem Auto nach Belgien fahre und nicht den Zug nehme. Ich finde, sie ist ziemlich unverschämt zu mir. Und hysterisch. Ich versteh nicht, wie du sie deine Freundin nennen kannst."

„Schatz, ich mag sie. Und wir kennen uns schon seit so vielen Jahren."

„Ich kenne viele Leute auch schon ewig lang, aber deshalb müssen wir nicht Freunde sein. Kannst du dir nicht andere Freunde zulegen?"

Sie schenkt mir jetzt diesen unschuldigen Blick, von dem ich nicht weiß, ob sie versteht, was ich ihr sagen will. „Aber Detti, das sind nun mal meine Freunde."

„Ich bemühe mich sehr, das siehst du doch, aber ich komme mit diesen Leuten nicht so richtig klar. Das muss ich dir ganz offen so sagen."

„Schade. Aber es ist ja nur für diesen einen Abend."

„Und das soll der letzte Abend gewesen sein? Das glaubst du doch selber nicht, Sabine. Ich hätte daheim bleiben sollen. Deine sogenannten Freunde sind ganz anders als ich sie mir vorgestellt habe. Für mich ist dieses Abendessen alles andere als entspannend. Das muss ich mir wirklich nicht antun."

„Tut mir leid, wenn es *so* schlimm für dich ist."

„Was heißt schlimm? Was ich hasse, sind Leute, die sich für Intelligenzbolzen halten. Ihre Wichtigtuerei geht mir auf die Nerven. Besonders dieser Hermann mit seinem arroganten Getue, da kommt mir das Kotzen. Der glaubt, weil er so viele Jahre in Amerika gelebt hat, kann er sich aufführen wie der allergescheiteste Professor."

„Aber er kann doch nichts dafür, dass er so lange in Amerika war."

„Aber deshalb muss er nicht in jedem zweiten Satz ein englisches Wort benützen, nur damit wir alle wissen, dass er Englisch kann."

„Englisch? Das ist mir so gar nicht aufgefallen."

„Hörst du nicht, dass er die ganze Zeit von seinem Notepad redet, dass er das allerneueste Modell besitzt, was für innovative und intelligente Programme er auf seinem Notepad hat, wie wichtig es ist, seine ach-so-wertvollen Daten auf einem Notepad immer bei sich zu haben, und dass er durch sein Notepad mit seinen vielen Kollegen im Ausland vernetzt ist. Und dabei grinst er auch noch so herablassend."

„Ach Schatz, ich glaube, das bildest du dir nur ein."

Ich habe jetzt fast den Eindruck, dass sie ihn verteidigt. Und dieses Schatz die ganze Zeit geht mir auf die Nerven. „Wieso soll ich mir das einbilden? Du hast doch gehört, dass er dauernd von seinem Notepad redet, als ob ich nicht wüsste, was das ist."

„Aber was soll er denn sonst sagen?"

„Er kann genauso gut Computer sagen, so wie andere auch."

„Aber ein Notepad ist doch etwas anderes als ein Computer, viel kleiner und kompakter, mit einer eingebauten Tastatur und weniger Möglichkeiten, Software unterzubringen?"

Gott, jetzt redet sie so, als ob sie sich in der Computerwelt auskennt. Dabei muss sie ihren Sohn anreisen lassen, damit er ihr den Computer einrichtet. Jedes Mal, wenn sie ein Problem mit ihrem Computer hat, ruft sie ihn an. Sie könnte genauso gut mich fragen. Sie weiß doch, dass ich mit einem Computer arbeite. Sie merkt gar nicht, dass ihr Erich uns besuchen kommt, weil er von seinem Vater zum Ausspionieren geschickt wird. Spielt sich auf, als ob er mit ihr verheiratet wäre, und sie lässt sich alles von ihm sagen. Wahrscheinlich will sie das so. Ich seh doch wie sie ihr Söhnchen verhätschelt, obwohl er schon dreißig ist, und wie sie strahlt, wenn er Mama zu ihr sagt."

„Aber Schatz, was hast du denn heute Abend?"

„Das weißt du nicht? Denk doch mal bitte nach. Warum sind wir denn so spät hier angekommen? Weil ich so langsam gefahren bin? Ganz bestimmt *nich*t. Ich habe mich furchtbar bemüht, rechtzeitig hier zu sein, damit deine Akademikerfreunde nicht warten müssen. Und jetzt tust du so, als wüsstest du nicht, warum wir uns verspätet haben."

„Wegen deiner Krawatte? Aber du hast doch eine gefunden. Und ich habe mich auch entschuldigt."

„Für was denn bitte schön hast du dich entschuldigt? Dafür, dass du mich gedrängelt hast?"

„Ja, das tut mir auch leid, aber was hätte ich denn sonst tun sollen? Wir waren schon fast eine halbe Stunde spät dran."

„Du hättest mir zum Beispiel helfen können, eine Krawatte auszusuchen, statt nur dazustehen und blöd zu glotzen und mir dann auch noch Schuldgefühle einzureden. Alles nur, damit wir ja keine Minute zu spät kommen."

„Aber es ist doch nicht wichtig, ob du jetzt eine rote oder eine blaue Krawatte trägst. Wir sind doch hier unter Freunden."

„Eben, du legst so viel Wert auf deine Freunde, dass ich das nicht ignorieren kann. *Das* willst du mir damit sagen. Aber ich bemühe mich doch, dir alles recht zu machen. Ich habe so viele Krawatten im Schrank, und du musst mir schon abnehmen, dass ich weiß, wie wichtig es ist, die richtige Krawatte für den passenden Anlass zu tragen. Ich mache das für meine Kunden jeden Tag." Ich habe ihr das schon x-mal erklärt. Da gibt es Grundsatzentscheidungen, die getroffen werden müssen. Da gibt es Fragen wie, welche Farbe? Dann muss ich klären, ob ich eine einfarbige oder eine mit Muster nehme. Das ist nämlich ein großer Unterschied, weil ich das richtige Hemd dazu haben muss. „Wenn ich nicht weiß, wie deine Freunde daherkommen, kann ich auch nicht im Voraus entscheiden, ob ich eine eher konservative oder eine mehr informelle Krawatte nehmen soll. Das ist zum Beispiel etwas, wobei du mir hättest helfen können. Das sind schließlich deine Freunde, und nicht meine. Du kennst doch diese Männer schon ewig, also weißt du ganz genau, was sie zu welchem Anlass anziehen. Der Sigmund hat eine grüne Hose an. Sag bloß, du weißt nicht, dass der bunt trägt. Und hast du gesehen, was Hermann trägt? Einen dunklen Anzug hat er an, zu einem Treffen mit Freunden, wo man doch eigentlich locker daherkommt."

„Na ja, eine Krawatte ist auch nicht gerade, was man ungezwungen nennt."

Ich glaube, sie versteht mich nicht. „Aber Sabine, darum geht es doch gar nicht. Ein dunkler Anzug sagt doch sehr viel über einen Menschen aus. Und kannst du dich erinnern, was er zu mir sagte, als ich ihn fragte, wo er studierte? Er hat mir den Namen irgendeiner Universität in Amerika genannt, so als ob ich die kennen müsste, in einem Land, wo es bestimmt Tausende von Universitäten gibt. Und dann fragt er mich ganz groß, ob ich studiert habe. Hast du das gehört, Sabine? Er hat nicht nach meiner Universität gefragt. Nein, er hat gefragt, *ob* ich studiert habe. Im Klartext heißt das, dass er davon ausgeht, dass ich *nicht* studiert habe."

„Aber wieso ist das so schlimm? Nicht jeder hat einen Uniabschluss. Vielleicht hat Regine ihm gesagt, dass du nicht studiert hast."

„Das mag ja sein, aber so redet man doch nicht, und das auch noch vor anderen Leuten, die überhaupt nichts von mir wissen. Was meinst du, was die jetzt von mir denken? Der Freund deiner Regine hat studiert, aber für jemand, der studiert hat, fehlt ihm der Anstand." Nur mein Gefühl für Anstand hindert mich daran, ihn einen Dünnschissidioten zu nennen. „Ich gebe mir wirklich Mühe, nett mit ihm zu reden, ich gehe auf ihn ein und frage nach seinem Beruf, aber er wirft mit diesem blöden Architektenjargon um sich, den keiner versteht. Du weißt ganz genau, warum er das tut. Er glaubt, er steht über allen anderen. Seine Heiligkeit der Architekt sitzt da in seinem schicken Anzug und redet in seiner großkotzigen Fachsprache, weil ihn dann niemand verstehen kann und wir uns alle klein fühlen sollen, und dann verkündet er auch noch groß, ich hätte nicht studiert."

„Aber das hat er doch gar nicht gesagt. Er hat nicht behauptet, du hättest nicht studiert."

„Doch, das hat er. Wenn man jemand fragt, *ob* er studiert hat, bedeutet das, dass man davon ausgeht, er hat *nicht* studiert. Und wenn er das tatsächlich von deiner Regine gehört hat, ist das eine Frechheit von ihr. Ich sage dir, so geht das nicht, so was macht man nicht mit einem Bubenheimer. Weiß dieser Mann überhaupt, aus welchem Haus ich stamme? Die Bubenheimer Familie gibt es in meiner Gegend seit dem siebzehnten Jahrhundert.

Das hättest du deiner Freundin sagen sollen. Und wieso hast du ihr eigentlich gesagt, dass ich nicht studiert habe? Das geht die doch nichts an. Du hättest mich vorher fragen müssen."

„Aber jetzt wirklich, Schatz, das ist doch nicht so schlimm."

„Warum sagst du immer, das ist nicht so schlimm? Was schlimm ist, weiß ich schon selber. Das musst du mir schon zugestehen. Wenn ich sage, so wie dieser Architektentyp mit mir spricht, in dieser hochnäsigen Art und mit dieser abgehobenen Wissenschaftssprache, ist das für jemand wie mich nicht in Ordnung. Mit einem Bubenheimer geht man so nicht um. Und wenn ich das sage, ist es so."

Ich denke, ich habe mich klar und unmissverständlich ausgedrückt, aber statt einer Antwort lächelt sie mich an. So geht das oft. Ich bemühe mich, ihr etwas zu erklären, was mir wichtig ist, ich gebe mir Mühe, ihr meinen Standpunkt klar zu machen, und dann lächelt sie mich nur an und zieht genüsslich an ihrer Zigarette, als ob sie mich nicht ernst nimmt. Das war auch neulich so, als wir zu spät ins Kino kamen. Da gab es diesen Film, den ich unbedingt sehen wollte. Das hatte ich ihr auch im Vorfeld klargemacht, aber wegen ihrer Trödelei kamen wir erst am Ende der Werbung ins Kino. Nur weil sie unbedingt die Schuhe tragen wollte, die zu ihrem Kleid passen, im Kino, wo sowieso keiner hinguckt, was die Leute anhaben. Sie sagte, das sei nicht schlimm, es sei doch nur Werbung und ich wolle doch nur den Film sehen, und keine Werbung. Aber woher bitte schön will sie wissen, dass da keine Werbung dabei ist, die mir in meiner Arbeit helfen könnte? Es ist doch immerhin möglich, dass sich in der Kinowerbung Firmen aus unserer Gegend präsentieren, mit denen ich eine Geschäftsbeziehung habe, oder irgendwann mal haben könnte. Ich wollte ihr das erklären, aber sie hat nur meine Hand getätschelt und gesagt, ich soll mich beruhigen. Mich streicheln und mich anlächeln, und mich dann auch noch Schatz nennen, das macht sie, um mich kaltzustellen.

Und jetzt nimmt sie meine Hand und flüstert mir ins Ohr, mit ihrer süßen Engelstimme, als ob ich ein kleines Kind wäre. „Komm Schatz, wir gehen wieder rein. Es ist kalt, dich friert's, das sehe ich doch. Und die warten bestimmt schon auf uns."

Er kann alles, nur nicht parken

„Sag mal, hat dir denn niemand beigebracht, wie man aus einer Parklücke am schnellsten rauskommt?" Jedes Mal muss ich mir das anhören, wenn ich aus einem Parkplatz rausfahre. Ich weiß schon, was kommt, wenn ich den Motor anlasse. Es ist dann wie ein Mechanismus, der sich automatisch in Gang setzt, sobald ich das erste Mal rückwärts stoße. Ich lege den Rückwärtsgang ein, und für sie ist das ein Signal, sich über meinen Fahrstil auszulassen. Männer!, stöhnt sie, wenn ich mich weigere, ihren Vorschlag, was ich für eine effizientere Fahrweise tun müsse, anzunehmen. Ich bemühe mich, uns sicher nach Hause zu bringen, ich halte mich an die Straßenverkehrsordnung und versuche, jeder Regel einen übergeordneten Sinn abzugewinnen, und dann stellt sich heraus, dass man alles falsch macht. Was verkünden die Trompeten? Du musst gegensteuern! Warum willst du das nicht einsehen?!

Hört sich blöd an. Ist es ja auch, aber dann gibt es auch noch anderes, was ich falsch mache. Was sie mich auch bei jeder Gelegenheit wissen lässt. Kaum ein Tag vergeht, ohne dass bei ihr nicht eines der drei Dinge zur Sprache kommt, die der Mann beherrschen muss, wenn er einer sein will. Erstens muss er einen Schal tragen, sobald ein kühles Lüftchen weht. Zweitens muss er mindestens ein-einhalb Liter Flüssigkeit am Tag zu sich nehmen. Und drittens, das habe ich schon angesprochen, muss er beim Ausparken gegensteuern.

Zum ersten Punkt kann ich zu meiner Verteidigung nur sagen, dass ich das Tragen von Schals hasse wie die Pest. Ich hasse auch Rollkragenpullis und Hemden mit engem Kragen. Im Grunde hasse ich alles, was mir den Hals zuschnürt. Unterhemden mag ich nicht, weil sie mir beim Ausziehen den Kopf einzwängen und die Haare zerzausen. Ich kann auch keine Krawatten tragen, die mich zwingen, den obersten Hemdknopf zuzumachen, damit die Krawatte im Zusammenspiel mit dem Hemd und dem Träger des Hemdes gut aussieht. Was Regine einfach nicht einsehen will. Man kann sich mit dir so nicht sehen lassen, sagt sie vollen Ernstes, wenn sie zu dem Entschluss gekommen ist, dass die Krawatte nicht richtig sitzt. Aber was heißt das schon, richtig sitzen? Der Knoten liegt schief? Die Krawatte hängt locker? Ich mag es nicht, wenn der Knoten auf den Millimeter genau in der Mitte sitzt. Was soll so schlimm daran sein? Andere Leute verabscheuen karierte Hemden, Sockenhalter oder Hosenträger. Manche Präferenzen des Menschen mögen banal sein. Darf man sie deshalb beanstanden? Und muss man sich deshalb aufregen? Ist es nicht so, dass der Mensch von einer naturgewollten Unordnung des Ge-hirns geplagt ist und trotz allem überlebt? Gibt es irgend-eine Regel, eine kulturelle, gesetzliche oder psychologi-sche Regel, die unumstößlich definiert, was in unserer

Gesellschaft als akzeptabel gelten soll? Nun, ich gehöre nun mal zu der Sorte Mensch, die keinen Schal tragen. Das habe ich noch nie, nicht einmal als ich ein unmündiges, von der Gunst seiner Eltern abhängiges Kind war. Damals war es meine Mutter, die alles daran setzte, mich zum Tragen eines Schals zu bringen. Jetzt ist es Regine, die diese Rolle übernommen hat. Wenn ich zu ihr sagen würde, du bist wie meine Mutter, würde sie mir das nicht verzeihen, denn welche Frau will schon mit ihrer Schwiegermutter in einen Topf geworfen werden. Also sag ich's nicht.

Was die eineinhalb Liter Flüssigkeit am Tag angeht, ist bei mir bei einem Liter Schluss. Ich krieg einfach nicht mehr runter, das ist eine physiologische Unmöglichkeit. Um mehr als einen Liter zu schaffen, muss ich mich zwingen, meine biologischen Grenzen außer Kraft zu setzen, außer an einem heißen Sommertag, wenn ich gerade einen zehn-Kilometer Dauerlauf hinter mir habe. Da kann ich praktisch auf einen Sitz einen ganzen Liter runterschütten. Aber eineinhalb Liter an einem normalen Tag, oder wenn ich keinen Sport treibe, ist bei mir nicht drin. Regine lässt sich von mir nicht überzeugen, dass es bei mir physiologische Beschränkungen gibt, die ich nicht angreifen will. Sie sagt, wenn ich einmal alt bin, sie meint, *richtig* alt, wird das ein Riesenproblem sein. Als ob ein Achtzigjähriger bei der Zufuhr von weniger als eineinhalb Liter Wasser austrocknen würde. Wie sie mich in dieser Sache in dreißig Jahren fertig machen wird, kann ich mir jetzt schon ausmalen.

Das Überschreiten von physiologischen Grenzen ist schmerzhaft, die Sache mit dem Ausparken dagegen nervt nur. Ich weiß, wie man ohne Unfall aus einer noch so engen Parklücke herauskommt. Ich habe das über zwei Jahrzehnte lang geschafft, ohne einen einzigen Kratzer zu verursachen, und ohne dass irgendjemand an meinem Parkmanöver etwas auszusetzen hatte. Ich sehe da wirklich kein Problem, aber ich kann ihr das einfach nicht klar machen. Deshalb sage ich schon lange nichts mehr. Ich schere einfach aus, so wie ich es schon immer gemacht habe und versuche, ihre Einwände zu überhören, wenn sie auf mich einredet.

Warum versuchst du es nicht mal wenigstens?, fragt sie, wobei das eigentlich keine Frage ist, sondern eine Aufforderung an mich, ihrer Empfehlung Folge zu leisten. Es wetzt das Reifenprofil ab, behauptet sie, wenn man nicht gegensteuert, sondern die Räder auf der Stelle dreht. Sie habe das von ihrem Vater gelernt, sagt sie, er habe ihr das Prinzip Gegensteuern in allen wichtigen Details erklärt. Im richtigen Augenblick gegensteuern würde das Ausparken wesentlich erleichtern. Man braucht weniger Platz und man muss mit dem Wagen nicht zehnmal hin und her rangieren. Das heißt, man kann dabei nicht nur Zeit, sondern auch Benzin sparen. Bei ihrer stark ausgeprägten Schwabenmentalität, wie sie selbst von sich sagt, sei das ein nicht zu vernachlässigender Vorteil. Ich habe ihr schon mehrmals versucht zu erklären, dass das, was ihr Vater ihr beibrachte, vor über zwanzig Jahren war, in einem schon damals alten Auto, das keine Servolenkung hatte. Bei der Marke VW Käfer war es tatsächlich sinnvoll, beim Ausparken gegenzusteuern, aber vorrangig nicht, um die Reifen zu schonen, sondern um das Lenken einfacher zu machen, besonders für eine Frau, die weniger Kraft in den Armen hat als ein Mann.

Regine sagt, warum bist du so stur? Wenn sie so redet, ist das keine Frage, die ich beantworten soll, sondern eine Feststellung, die aus ihrer Sicht keine Rechtfertigung benötigt. Du rangierst ewig hin und her, sagt sie. Machst du das aus Trotz? Oder fühlst du dich besonders gut, wenn du so stur bist? Bis du aus dem Parkplatz heraus bist, wäre ich schon längst daheim. Das sagt sie mit voller Überzeugung. Und sie bleibt bei ihrer Meinung, egal welche Gegenargumente ich vorbringe. Du musst gegensteuern, verlangt sie, jetzt versuch's doch mal, du sturer Bock.

Einen sturen Bock kann man nicht zwingen, Rede und Antwort zu stehen, deshalb redet sie nach einiger Zeit mit sich selber. Was ich schon ewig zu ihm sage, macht doch Sinn. Das hat Hand und Fuß, das weiß doch jeder. Aber nein, mein Hermann will das nicht einsehen. Stur wie ein Maulesel, wehrt sich auf Teufel komm raus. Wo hat er das bloß her, diese Uneinsichtigkeit? Und irgendwann zwischen dem Vorwurf, ich sei ein Trotzkopf, und der Feststellung, ich sei ein Dickschädel, teilt sie mir ihre psychologische Erkenntnis über meinen geistigen Zustand mit: Mein Göttergatte, ich liebe dich, aber in diesem Punkt bist du ziemlich neurotisch.

Das will ich mir aber dann doch nicht vorwerfen lassen. „Ich bin neurotisch, weil ich mich weigere, gegenzusteuern? Was soll da neurotisch dabei sein?"

„Deine Dickköpfigkeit, die ist neurotisch."

„Ich liebe dich auch, Regine, aber wir könnten doch auch mal über *deine* Sturheit sprechen. Wenn du siehst, dass ich meine Fahrweise beim Parken beibehalte, weil ich noch nie Probleme damit gehabt habe, weil das für mich eine bequeme Routine ist und weil wir doch alle wissen, dass der Mensch Routinen braucht, um relativ intakt durchs Leben zu kommen, wenn du dann aber trotz all dem weiterhin darauf bestehst, dass ich es so machen soll, wie du es machen würdest, weil du das von deinem Vater im letzten Jahrhundert so gelernt hast, wer von uns ist da bitte schön neurotisch? Du oder ich? Jemand, der in der gleichen Angelegenheit immer wieder das gleiche Theater macht, sollte vielleicht mal darüber nachdenken, ob eine Veranstaltung, die nichts Neues auf die Beine stellt, nicht auch mal ein Ende haben sollte. Bei deiner Schwester ist es auch nicht viel anders. Sie kann machen was sie will, aber sie schafft es nicht, in unsere Wohnung zu kommen. Jeder normale Mensch würde irgendwann aufgeben."

„Oder sie könnte sich eine andere Routine zulegen. Philosophische Weisheiten von sich geben zum Beispiel, statt religiöse Sprüche klopfen."

„Oder sie könnte deinen Siggi bearbeiten."

„Der lässt sich nicht bearbeiten. Den lässt das alles kalt, egal welchen Blödsinn Sieglinde von sich gibt. Du hast ja gesehen, dass er kein Problem hat, sie nach Hause zu fahren."

Ich denke, in diesem Punkt hat Regine recht. Von dem, was sie mir von ihrem Ex berichtet hat, kann ich mir gut vorstellen, wie ihre Schwester ihn vom Rücksitz aus mit ihrem Kirchengeschwätz volllabert und ihm das gar nicht auffällt. Was Gundula dazu sagt, weiß ich nicht, aber ich könnte mir vorstellen, dass sie die Gelegenheit ergreift, um Sieglinde nach Regine auszufragen, die dann nur zu gern blättert, weil sie sich dadurch erhofft, durch Gundula etwas über Siggi herauszukriegen. „Stimmt", sage ich zu Regine, „die Neurosen der beiden heben sich gegenseitig auf, und alles ist gut."

„Glaubst du, es gibt so etwas? Die Neurosen von zwei unterschiedlichen Menschen heben sich gegenseitig auf, wenn sie sich miteinander unterhalten?"

„Weiß nicht. Das musst du einen Psychologen fragen."

„Oder einen Psychiater. Bei Siggi wäre ein Psychiater angebracht, bei meiner Schwester sowieso."

„So tief ins Innere muss man bei den beiden nicht gehen. Wir reden hier nur von einer Neurose."

„Und das heißt, es ist nicht schlimm, oder was?" Regine klingt verärgert, vielleicht weil sie glaubt, ich spiele die Sache herunter, wo ich doch beim Abendessen gesehen habe, wie hart sie mit ihrer Schwester ins Gericht ging.

„Eine Neurose kann auch etwas Schlimmes sein, aber es geht hier nicht um die Frage, was schlimm und was weniger schlimm ist, sondern wie das Problem gelöst werden kann, falls es überhaupt ein Problem ist, und nicht nur ein Symptom von etwas. Ein Psychologe würde sich zum Beispiel deine Kritik an meiner Fahrweise auf einem Parkplatz ansehen und sagen, deine Weigerung, deine Haltung aufzugeben, ist ein Symptom von irgendetwas, vielleicht von einer kognitiven Störung. Ich kann mir denken, er würde vorschlagen, dass du mich mal aus einer Parklücke rausfahren lässt, so wie es mir passt, und beobachtest, ob ich einen Unfall verursache, oder ob wir irgendwo später als geplant ankommen, und wenn ja, ob das für dich in irgendeiner Weise schwere Probleme nach sich ziehen könnte, die du vielleicht nur mit größten Schwierigkeiten lösen könntest. Du könntest meine Fahrweise auf dem Parkplatz auch mit einem Reifenhändler besprechen, ob das Lenken im Stand die Reifen schneller abnützt, als wenn ich im Fahren bei geringer Geschwindigkeit gegensteuere. Du könntest in deinen Beobachtungen schrittweise vorgehen und schauen, ob eine Änderung in deinen Kommentaren, in Richtung Gelassenheit zum Beispiel, für dich das Leben einfacher macht, ob du dich mit der Zeit auch mehr entspannen kannst, wenn du neben mir im Auto sitzt."

„Und was soll da jetzt meine Störung sein?" Der Ton in ihrer Stimme lässt auf eine leichte Irritation schließen, obwohl sie sehen muss, dass ich sie nur etwas stichele.

„Das weiß ich nicht, das interessiert den Psychologen auch gar nicht so sehr. Der Psychologe fragt nicht nach den Ursachen deines Meckerns. Das wäre die Aufgabe eines Psychiaters. Der Psychiater sucht nach den Ursachen und will dir helfen, über die Erkenntnis der Gründe für deine Störung zu einer Besserung in deinem Befinden zu gelangen. Vielleicht hattest du ein traumatisches Erlebnis mit deinem Vater. Vielleicht drohte er dir, dich an deinen Schwager, den Pfarrer, zu verpetzen, wenn du dein Fahrverhalten nicht änderst. Dein Schwager würde dir die Hölle heiß machen, buchstäblich. Ein Psychiater würde versuchen, in dir die Erinnerung an ein traumatisches Erlebnis zu wecken und dich zu der Erkenntnis zu bringen, dass du keine Schuld daran tragen würdest, wenn dein Vater deinen Schwager einsetzt. Und dann könntest du dich auch mehr entspannen, wenn du neben mir im Auto sitzt und siehst, dass ich diese Angelegenheit ganz locker nehme. Meine Art des Ausparkens hat nämlich gar nichts Bedrohliches. Es steht kein Leben auf dem Spiel, ich beherrsche die Kunst des Parkens und ich bin auch nicht dein Vater, der dir die Meinung bläst."

„Und was willst du jetzt damit sagen? Dass ich zum Psychiater gehen soll?"

Sie lacht, aber ich bin mir nicht sicher, ob aus Verlegenheit oder um ihre geistige Überlegenheit in dieser Sache zu demonstrieren. Ich denke, das Letztere. Ich lege noch eins drauf und sage, „Und wie ist das mit deiner Zahnbürste? Warum versteckst du deine Zahnbürste? Weil du Angst hast, ich stecke mir aus Versehen deine Zahnbürste in den Mund?"

„Ja, ich hab das nicht so gern. Aber deswegen geh ich nicht zum Psychiater. Und wäre es nicht einfacher, du würdest dein Fahrverhalten ändern, als dass ich bei einem Psychiater herumsitze, der mir nur das Geld aus der Tasche zieht? Es macht keinen Sinn, einen Psychiater in meinem Unterbewusstsein herumstöbern zu lassen, der mir einreden will, dass es Jahre dauern kann, bis er irgendwelche Traumata entdeckt, die gar nicht da sind, weil ich mich überhaupt nicht schlecht fühle, wenn ich dich auf dein bescheuertes Fahrverhalten hinweise. Warum soll ich mich wegen deiner Sturheit schuldig fühlen?" Kurzes Schweigen. „Soll ich mich vielleicht auch wegen deiner Unterhosen schuldig fühlen?"

„Was soll mit meinen Unterhosen sein?"

„Alle deine Unterhosen, die du kaufst, sind mindestens eine Nummer zu klein. Ich glaube, das ist ein Thema, über das wir mal reden sollten."

„Wieso? Die passen mir wunderbar."

„Nein, das tun sie *nicht*. Die schneiden dir ins Fleisch. Merkst du das denn gar nicht? Tut das nicht weh? Du hast richtige Striemen in der Haut, wenn du sie ausziehst. Das sieht aus, als hätte man dich gegeißelt."

„Du übertreibst maßlos."

„Mein lieber Göttergatte, du willst mir doch nicht weismachen, dass du diese wüsten Striemen nicht spürst."

Auch wenn sie recht hat, ich werde das nicht zugeben, nicht nachdem sie mir meine Art des Ausparkens vorwirft. „Ich will aber keine größeren Unterhosen tragen. Ich habe schon immer diese Größe getragen, seit ich zwanzig bin. Ich bin an diese Größe gewöhnt."

„Du hast dich dreißig Jahre lang an schmerzhafte Striemen gewöhnt, *das* willst du damit sagen. Ist das nicht ein bisschen neurotisch? Diese kleinen Höschen dreißig Jahre lang, und die Schmerzen, an die du dich so gewöhnt hast, dass du ohne sie gar nicht mehr leben willst. Willst du das vielleicht auch Routine nennen? Und wenn das ein Symptom ist, möchte ich doch ganz gern wissen, was dahinter steckt. Die glückliche Kindheit, von der du redest, und Jahrzehnte später diese roten Striemen im Fleisch jeden Abend, wenn du deine Kinderhöschen ausziehst. Da fehlt doch was, würde ich sagen. Da ist doch eine Lücke in deinem mentalen Werdegang. Ich frage mich, was ein Psychiater dazu sagen würde. Wäre das nicht eine gründliche Ursachenforschung wert?"

Ich muss Regine wohl irritiert angesehen haben, weil sie schallend lacht und sagt: „Keine Sorge, Liebster, ich sag's nicht weiter. Aber interessieren würde es mich schon, warum du dich so penetrant weigerst, deine Unterhosen eine Nummer größer zu kaufen."

In dieser Sache hat sie völlig recht. Jahrzehntelang diese hässlichen Striemen an der Hüfte, nur weil ich nicht von Jugendgröße auf Erwachsenengröße umsteigen will. Das könnte man tatsächlich als psychologisches Problem sehen. „Okay, dann schauen wir uns doch mal Detlef an. Würdest du dich bei dem auch auf seine Unterhosen versteifen? Der Mann hat Probleme, die um einiges größer sind als die Passform meiner Unterhosen oder meine Ausparktechnik. Der hat nicht alle Tassen im Schrank, wenn du mich fragst. Ein paar Jahre Zuspruch von einem

Psychiater könnten ihm gut tun. Aber die Bekanntschaft mit einem Psychiater wird er sich nicht antun, da bin ich mir ziemlich sicher."

Regine stimmt mir sofort zu. „Das sehe ich auch so, und ich glaube, viel hängt auch von Sabines Reaktion ab. Dass sie sich mit so einem wie Detlef überhaupt abgibt, ist schon sehr interessant, finde ich. So wie sie sich von ihm in aller Öffentlichkeit betätscheln lässt, da kann ich gar nicht zusehen. Hast du gesehen, wie Detlef sich heute Abend aufführte? Er ist überzeugt, er muss nur um seine Frau herumschwänzeln, um zum Liebling des Abends erklärt zu werden. Aber ich weiß nicht, wie ich ihr das sagen soll."

„Und was meinst du, warum wehrt sie sich nicht dagegen?"

„Ich glaube, sie mag es, wenn er um sie herumtänzelt. Sie ist der Typ, der diese Art Aufmerksamkeit liebt. Sie mag es, mit jemand gesehen zu werden, der von allen verehrt wird."

„Wer mag das nicht, Regine?"

„Aber nicht bei einem Tartüff wie Detlef. Rainer war auch ein Schleimer, aber er hat das mehr mit Worten als mit taktilen Handlungen gemacht. Und bei dem hatte ich nicht das Gefühl, er will sich in der Öffentlichkeit profilieren, indem er den einfühlsamen liebevollen Ehemann spielt. Aber für Detlef ist das Ganze nur ein Spiel. So kommt es mir jedenfalls vor. Und Sabine macht mit, sie lässt sich quasi mitreißen von seiner beschissenen Art, sie zu umschwärmen. Das mag er, weil es ihn aufwertet. Ein paar nette Worte von ihm wären ja okay, auch ein kurzer Kuss, aber er übertreibt es mit seiner Tätschelei so furchtbar, da wird's mir richtig schlecht, wenn ich das sehe. Ich an ihrer Stelle hätte ihm schon längst ins Schienbein getreten."

„Aber Sabine ist nicht du. Lass sie doch einfach machen. Sie ist deine beste Freundin."

„Ja, ich weiß, du hast ja recht. Jeder Mensch braucht etwas, um sich gut zu fühlen. Solange der andere nicht mit den Hüften wackelt und seinem Bienchen irgendetwas Schmalziges ins Ohr säuselt."

„So ist es, Regine. Und ich brauche meine Striemen an der Hüfte, um mich gut zu fühlen. Und ich möchte auch aus einer Parklücke rausfahren, ohne gegensteuern zu müssen."

„Okay, dann darfst du das, Schatz", sagt sie lächelnd und streicht mir liebevoll über die Wange, während ich den Rückwärtsgang einlege.

Zeitfracht Medien GmbH
Ferdinand-Jühlke-Straße 7
99095 Erfurt, Deutschland
produktsicherheit@kolibri360.de